FERNANDA PUGLIESE

RIPETI CON ME

Fernanda Pugliese, insegnante di lettere in pensione vive tra monti e mare, da Montecilfone a Termoli.

Giornalista pubblicista, ha collaborato con importanti testate nazionali e regionali.

Autrice di libri e saggi si occupa, attualmente, di progetti culturali e iniziative di inclusione ed integrazione sociale per cittadini di paesi terzi.

Fondatore e direttore Rivista Kamastra organo di Informazione, cultura e attualità Minoranze Linguistiche albanofone e croate del Molise, ha svolto un ruolo importante nel campo della valorizzazione e tutela dell'arbëresh, lingua albanese antica, in uso nelle comunità italiane di antico insediamento.

Tra i libri da lei scritti si ricorda il romanzo breve "Io non ti amo", pubblicato da questa casa editrice.

E' fondatrice del premio letterario "Villa d'Angelo, Amore mio Ricorda", in memoria del suo consorte dott. Vincenzo D'angelo, medico, benefattore, cultore e amante delle lettere, della musica, delle arti e del bello.

*Alle persone che hanno attraversato
la mia vita lasciando di sé una traccia
indelebile.*

PRESENTAZIONE

Leggendo questa bellissima raccolta della scrittrice, nonché mia carissima amica, Fernanda Pugliese, traspare subito la vena malinconica e nostalgica che caratterizza l'intero libro: stati d'animo, questi, propri di una persona sensibile che prova una dolce e delicata tristezza per persone, fatti, luoghi e avvenimenti che hanno segnato la sua vita.

Infatti, monti, mare, ambienti vari traggono ispirazione e identità dal legame profondo che l'autrice ha con la propria terra che tanto ama e a cui tanto si è dedicata da sempre. Come per incanto, riesce, tra le righe, a farci percepire, con tutti i nostri sensi, per esempio, il calore del fuoco, il profumo dei caragnoli fritti e del sugo , e a farci godere della vista di un vassoio di mostacciuoli e dei gridolini di gioia dei bambini intorno al focolare. Con grande delicatezza vengono espressi gli stati d'animo nel ricordo nostalgico delle persone che hanno lasciato una traccia indelebile nella sua vita. Insomma, i racconti di Fernanda Pugliese con pudore bussano al nostro cuore per chiedere condivisione di sentimenti e di orizzonti: e ci riescono, carezzandoci amorevolmente.

Rossella De Rosa

La delusione è un sentimento grande e difficile, si genera da numerose fonti e fa male

INTRODUZIONE
RIPETI CON ME

E' una antologia di racconti scritti in un tempo abbastanza lungo. Ci sono le metafore, i miti e i ricordi dell'infanzia, i brani d'amore di ieri e di oggi, passioni antiche e di tutti tempi che rendono la trama interessante. Le storie narrate hanno a che fare con la complessità dell'animo umano e lo si evince dai rapporti che si instaurano tra le persone. Il filo conduttore della raccolta è quasi sempre la delusione che connota le aspettative dei protagonisti e discende da amori mancati, tradimenti, lacerazioni, pregiudizi, incomprensioni, aspettative e sogni infranti. Ci sono la violenza e l'ignoranza che non si dimentica. Nella raccolta sono contenuti, inoltre, racconti che alludono a fenomeni sociali come le partenze e gli arrivi per lavoro e per le condizioni di vita. C'è poi una storia di preoccupante attualità tra i giovani e che richiama la svendita dei valori.

Il capitolo "Amore che vai" raccoglie alcuni brani che erano stati scritti per la stesura di un romanzo rosa proposto da una casa editrice.

Un progetto che non è andato in porto perché strada facendo, è preval-
sa l'idea di un racconto di storie diverse, frammenti di vita, intrecci ed
emozioni più consoni alla personalità e al proprio stile letterario. La
raccolta si chiude con un racconto che si collega ad un romanzo d'amore
del secolo scorso "Adolfo e Marietta" ritrovato tra le vecchie scartoffie e
pubblicato da questa stessa casa editrice.
"La brigantessa di Montecilfone" si ispira a una leggenda popolare del
paese collegata al brigantaggio, è una storia, una canzone, una memoria
antica raccontata in casa e che ne ha nutrito la fantasia.
Questo racconto, elogio alla grazia, al coraggio e alla fedeltà femminile,
è stato redatto per chiudere il romanzo ottocentesco la cui copia originale
era priva dell'ultimo capitolo.

PROLOGO

SI GJAH BORA
COME LA NEVE

Tutt'intorno è silenzio e l'atmosfera surreale circonda anche lei, la donna al centro della piazza. La sua corona è imbiancata, la neve scivola sul mantello e si posa ai suoi piedi. Non passa nessuno.

Buondì, nevica, è molto bello, è uno spettacolo della natura, e poi? Quello che succede poi ve lo lascio immaginare! Ma non voglio tediarmi, oggi ho altro da fare. Da buona massaia ho già messo a cuocere il ragù con la salsiccia, quella buona di maiale e fatta in casa, braciole di vitello e polpette di cacio e uova. Braciola e polpette di cacio e uova in questo condimento sono una variante introdotta da mia madre per accontentare i gusti diversi dei commensali, senza sapere che tale innovazione sarebbe diventata una specialità. Le "droqe" nella lingua albanese antica che si parla nella comunità, sono i fusilli confezionati come da tradizione. Stamattina mi sono alzata, come sempre prima dell'alba, con questo pensiero.

Le " droqe" non le facevo da molto tempo e avevo il timore di essermene dimenticata. Non ricordavo se avevo ancora il ferro quadrato ricavato dai raggi dell'ombrello che serviva per incavarle. Il dubbio si è subito dileguato. In una casa dove hanno vissuto persone lige alle tipicità, il ferro per le "droqe" non può mancare. Se pure se ne perde uno, da qualche parte nei tiretti, almeno un doppione o più di uno ci deve pur stare!

In una casa così, naturalmente, non può mancare il pettine del telaio e il fuso per la confezione dei caragnoli o la chitarra di legno per tirare la sfoglia. Anche il matterello rigato deve fare bella mostra di sé per testimoniare il suo l'utilizzo nel passato, quando la casa era viva e pulsante. Sul filo dei bei ricordi mi sono messa al lavoro.

Oggi aspetto i figli però nevica, chissà se potranno arrivare! Li aspetto comunque e poi magari, potrebbe anche raggiungermi qualche persona inaspettatamente.

Ho impastato mezzo chilo abbondante di semola di grano duro (tre pugni a due mani piene), ho messo un uovo solo per la consistenza dell'impasto, tre tazzine di acqua e un pizzico di sale.

Dopo aver amalgamato gli ingredienti nella farina a fontana, l'ho fatta assorbire lentamente fino a farla diventare una massa corposa dopo di che l'ho lavorata a lungo e vigorosamente fino a farla diventare elastica, lucida e setosa. Poi ho fatto un cono, l'ho schiacciato e con un coltello ho tagliato le strisce di pasta. Le ho lavorate ad una ad una, le ho allungate, ricavando tanti bastoncini del diametro di mezzo centimetro e lunghi circa cinque e poi via per il prosieguo. Ho incavato i bastoncini ad uno ad uno e con una pressione dei palmi sul ferro l'ho fatto ruotare sulla spianatoia. E' una tecnica difficile da descrivere, è un' arte che si tramanda di madre in figlia.

Non vi dico l'effetto sonoro prodotto dallo sfregamento del ferro sul legno! E' una vibrazione attutita dalla sfoglia, una nota musicale, un preludio ai sapori della pietanza preannunciato anche dai vapori del ragù sul fornello. Nei paesi albanofoni della Calabria "le droqe" si confezionano utilizzando un ceppo di glicine e il cordoncino di pasta invece di incavarlo e tirarlo sul ripiano del tavolo lo arrotolano intorno. E' un'altra tecnica che produce un risultato simile. "Non deve essere la stessa cosa- dico tra me e me - non c'è simbiosi, manca l'emozione della vibrazione del ferro che le mani trasmettono al cuore". Le "droqe" sono passione.

Ora ho finito, torno davanti alla finestra vedo la neve e il cielo chiaro, si è fatto giorno. Spengo la luce nella stanza.

Il caffè è pronto, lo verso nella tazzina, è sempre la stessa, appoggio le labbra sul bordo dalla parte dove beveva lui.

Ripenso all'irripetibile rito della domenica, al mattino. Era l'unico giorno della settimana che ci permetteva di stare insieme senza l'incubo dell'orologio e gustare il caffè dall'aroma profondo che preparava con cura. Sorseggio il mio al sapore di lacrima, guardo fuori. Tutt'intorno è silenzio e l'atmosfera surreale circonda anche lei, la donna al centro della piazza.

E' l'Italia turrita che sormonta la fontana. La sua corona è imbiancata, la neve scivola sul mantello e si posa ai suoi piedi.

Non passa nessuno. Anche il bar oggi è chiuso. Lo strato di neve per terra è un manto intonso, non c'è un'orma. Io e la signora di pietra spesso ci facciamo compagnia, ci conosciamo da tanti anni, sa che di lei so tutto. L'anno scorso in una situazione analoga, durante la lunga clausura, ho sfogliato i documenti per approfondirne la conoscenza, l'ho anche fotografata e ho raccontato ai miei concittadini, in modo particolare ai bambini, la sua romantica e gloriosa storia.

E' stata felice il 17 marzo quando gli alunni delle scuole del paese con i loro insegnanti e uno stuolo di autorità le hanno fatto visita per celebrare l'anniversario della sua nascita. Le hanno portato una bella corona di alloro fresco, doveroso e meritato omaggio a una gran bella signora, l'Italia. I ragazzi l'hanno consegnata al vigile che salendo su una lunga scala ha cinto la sua testa. E' stato un bel gesto simbolico e un segno di riconoscimento per la patria che raffigura.

Qualcuno, molto volgarmente, vedendola sempre in piazza e in forma prosperosa, (l'artista che l' ha scolpita ha voluto mettere in evidenza la sua femminilità ispirandosi, probabilmente, al suo modello di donna), l'aveva un tantino offesa non sapendo chi fosse e cose rappresentasse. "Eppure chissà quante volte quel qualcuno avrà baciato il suo di dietro - mi dico divertita- quello della sua effige stampata sui francobolli"!

Spesso ci si sbaglia, un po' per cattiveria, un po' per ignoranza. Lei, ovviamente, non si è scomposta era e rimane lì, ferma, in posa statuaria. Accetta il vilipendio, è abituata a tutto, osservo: "Povera Italia"! Interrompo la nostra conversazione muta così lei può riposarsi riprendendo la sua posizione fisica conforme. Per parlare con me è costretta a ruotare il busto, rispetto alla mia finestra è posta di profilo. Colgo l'imponenza del suo " davanzale" e non oso immaginare come l'avrebbe potuta scolpire un artista moderno prendendo a modello il prototipo delle donne di oggi. Da questa visuale, probabilmente, avrei guardato il profilo dell'asse per lavare o qualcosa di simile. Bando ai pensieri cattivi.

Ritorno in cucina, allineo le "droqe", le guardo compiaciuta, sono un capolavoro. Giro il sugo, controllo che sobbolli a fuoco lento. Eccomi, accendo il pc, apro facebook, la mia finestra sul mondo, mi chiedo se ho dimenticato qualcosa. Si, di grattugiare il formaggio. Ci penso un attimo, "lo farò dopo - mi dico- il pecorino lo grattugerò al momento e lo cospargerò direttamente a tavola, sul piatto fumante. Il mio sguardo va oltre la finestra, continua a nevicare. " Si si- dico tra me e me- lo farò cadere copioso e lentamente, come la neve".

Nota
I titoli e diversi termini dei racconti sono scritti in lingua Arbereshe, l'albanese antico, un idioma che si parla in alcune località molisane e di cui l'autrice è una strenue e appassionata sostenitrice.

METAFORE

SHANUA
L'ALTALENA
Ester, Aisha, Desirè

Ora la libertà aveva un altro valore, non era nelle cose o negli atteggiamenti delle persone, ma dentro di lei.

Non sapeva cosa fosse la libertà però la desiderava. L'aveva desiderata sempre, sin da piccola però non era nata libera. Prima sua madre, poi suo padre, la scuola, la società, ma soprattutto la mentalità retrograda dei tempi in cui era vissuta l'avevano resa schiava dei comportamenti e di quelle regole troppo strette che annullavano la personalità. A scuola aveva studiato il fenomeno della libertà nella storia, le rivoluzioni, le guerre, le disuguaglianze, le atrocità che avevano subito i popoli e le prove sostenute per la conquista ed il riconoscimento del diritto alla libertà fino alla morte. Libertà era ed è una parola troppo grande, difficile e il concetto che la sostiene è in un certo senso inspiegabile, astratto e quindi non percepibile.
Poi c'erano i modi di dire: "Libertà va cercando ch'è si cara come sa

13

chi per lei vita rifiuta", un concetto mutuato da Dante nel primo canto del Purgatorio. "Come sa di sale lo pane altrui e com'è duro calle
scendere e salire per l'altrui scale". Diceva il Poeta con le parole di
Cacciaguida nel canto dell'esilio, e tanto altro ancora in quella opera
dove i personaggi, attraverso i sentieri tortuosi del loro essere uomini,
gli indicavano la china per raggiungere l'alto, il paradiso dell'eternità
nell'empireo, l'ultimo cielo, dove la libertà è nell'ordine e nell'armonia, "nell'amor che move il sole e l'altre stelle".

Libertè gridavano i rivoluzionari nella piazza della Bastiglia, mettendo un punto fermo nel cammino dei diritti umani. *Libertà,* tre sillabe
per un diritto ad esistere.

Ripensava a tutto questo, lo associava alla condizione delle persone
ristrette, alle popolazioni sottoposte alle dittature, alle guerre, a quei
credi religiosi che ti negano l'esistenza mentre esisti, alle donne dal
volto coperto che devono rendersi invisibili.

Aisha. "E' vero ci sei, ma devi renderti invisibile, devi rinunciare alle
sembianze, la vita non è nella fisicità, nel corpo, nelle membra, nella
pelle, nel viso, nei capelli. La tua esistenza è un dovere, è ubbidire a
un ordine, è dare piacere senza poterlo provare, mettere al mondo dei
figli la cui condizione di vita è stabilita da ciò che sei stata capace di
generare. Se è maschio vive, se è femmina o la soffocherai al primo
vagito dentro la pelle di capra, ed è la cosa migliore che potrai fare
o se la lascerai vivere, dovrà essere come te, dovrà fare le stesse cose
che fai tu ma come le vogliamo noi, come dice la tradizione". Ancora
adolescente Aisha aveva subito prima la barbarie della mutilazione
dei genitali, poi era stata venduta, ceduta a caro prezzo a un nuovo
padrone. "Dovrà stare attenta e non trasgredire mai. Non potrà vive-

re fuori dalle regole altrimenti ci vedrà costretti ad emettere sentenza di morte." Pensava ad Amina morta per lapidazione.

Lei, Ajsha era stata cosparsa di benzina e bruciata viva, Bajgja, era rimasta schiava per sempre.

Ma che destino le donne! Ogni latitudine, ogni paese, ogni luogo, ogni cultura e civiltà dettano le proprie regole. Doveva sentirsi fortunata rispetto a queste cose, fortunata per essere nata e vissuta in un Paese dove donna è rispetto.

"Rispetto? Si, ma non sempre e per tutte", pensò.

Ester non era stata rispettata. Appena uscita dal bozzolo dell'infanzia, qualcuno dentro la sua famiglia per bene, aveva oltraggiato il suo viso, le sue labbra che avevano sete di dolcezza, aveva succhiato i suoi capezzoli appena accennati con le labbra avide, si era compiaciuto della sua bocca leccandola con la sua, viscida. – "Era un pomeriggio, ero china sui libri- raccontò- il damerino era tornato a casa dal collegio per le vacanze di pasqua, mi ha raggiunta e con la scusa di aiutarmi nei compiti di latino, mi ha guardata in maniera strana, mi ha toccata, pensavo che scherzasse, invece mi ha messo le mani addosso con la bava alla bocca".

Dopo tantissimi anni sentiva ancora il disgusto di quella bocca, il respiro forte, le mani appiccicose e quegli occhi azzurri accesi di libidine. Aveva cercato di rimuovere quel ricordo, quei gesti impietosi erano finiti lì, se fosse andato oltre avrebbe strillato più forte e la mamma sarebbe accorsa prima.

"Il damerino si giustificò dicendo che era stato un colpo di fulmine, che non era riuscito a resistermi. Fu rimproverato aspramente ma niente di più. Io invece ne ebbi di santa ragione. Mi picchiarono ritenendo fosse stata solo colpa mia. Ero stata io ad aver attirato le sue attenzioni su di me, ad averlo provocato ed adescato, cose da pazzi". Si sa, le donne anche bambine, sono provocanti per natura. A questa convinzione c'era poco da aggiungere, ogni parola avrebbe aggravato la sua posizione. Prese le botte in silenzio, senza proferire, era stata giudicata colpevole per aver adescato suo cugino, sangue abominevole del suo sangue. Tutto sommato era stata fortunata, all'interno delle mura domestiche, avviene di peggio.

Desirè, non era libera, era schiava della sua mente, si creava i problemi e non riusciva a trovare la condizione giusta per dare un senso a quello che aveva sempre desiderato: una vita normale nella sua famiglia ma quell'uomo si era accorta che stava diventando donna. "Mi osservava ogni giorno, mi copriva di coccole, mi stringeva a se, mi insegnava a rispondere a quelle affettuosità come voleva lui, ma io non capivo, ero troppo piccola e mi sembrava normale. Nel letto si coricava al mio lato ma nella notte, sotto le coperte avveniva qualcosa che non oso descrivere".

Desirè si ferma, non vuole dire altro, il suo viso si accende e il disgusto di quel ricordo le prende le viscere. Lui era suo padre, invece di proteggerla, prendeva quella mano fragile e la portava sul suo membro, le diceva che era un gioco e poi la riempiva del suo liquido puzzolente. Così, un po' alla volta rivelò la sua vera indole di padre padrone fino a possederla liberamente.

Un giorno lei lo denunciò, era diventata grande e capì che tutto questo non era normale, lo capì dallo sguardo e dagli occhi terrorizzati di sua madre. Ai carabinieri il malvagio disse di avere dei diritti su quella ragazza, era sua figlia, carne della sua carne e quindi gli apparteneva e basta. In tribunale furono esibite le prove. Disgustose fotografie pedopornografiche. Se le faceva scattare da un suo amico, un essere come lui, ignobile, in un gioco a tre dove il terzo assumeva il ruolo del guardone. Alcune volte si univano altre bambine. " si legge dai verbali redatti dalle forze dell'ordine".

Erano stati arrestati e Desirè era stata mandata via e data in affidamento in un altro paese. Finalmente poteva sentirsi libera però sapeva che quella era solo apparenza.

Capiva che ora la libertà aveva un altro valore, non era nelle cose o negli atteggiamenti delle persone, ma dentro le stesse.

"*Fine pena mai*". Tre parole per una sentenza di condanna definitiva.

"La libertà è qualcosa che ogni individuo porta dentro di se.

Sembra un paradosso, ma a volte si è liberi anche stretti dalle catene, si è liberi perché in pace con la propria coscienza e perché no, con il mondo che ti circonda".

Il giovane ristretto con addosso una sentenza di condanna della durata di una vita, la pensava così. "La libertà, non quella fisica, s'intende, è una condizione dell'anima - le aveva detto un giorno consapevolmente - ho sbagliato e sto pagando, sono a posto con la mia coscienza. E' la giustizia che non è giusta perché mi infligge una pena che è una contraddizione, ha il peso e il senso del mio errore: la privazione della libertà per sempre".

"Libertà è librarsi in volo per raggiungere i sogni!

Libertà - raccontò un giorno con gli occhi chiusi- era la *Shanua* (l'altalena) formata da una corda legata al ramo più robusto della quercia a strapiombo sulla scarpata". Forse aveva detto una cavolata? Ci pensò un attimo e poi proseguì spedita, sapendo che stava raccontando un pezzo del suo passato.

"Tra i tanti alberi sceglievamo proprio quello per la sua posizione sul ciglio del burrone, perché era pericoloso sporgersi, perché il vuoto lì sotto rappresentava l'infinito e noi, al ritmo dei canti in voga che cadenzavano le spinte sempre più sostenute, ci libravamo in volo guardando il cielo.

Libertà era la nostra incoscienza. Eravamo adolescenti e in quei momenti sentivamo l'ebrezza del nostro essere spericolate. Se si fosse spezzato il ramo sotto l'attrito della corda, se si fosse spezzata la corda sarebbe stata tragedia ma noi non ci pensavamo, non abbiamo mai riflettuto su questo, la nostra voglia di vivere non aveva ostacoli e la nostra libertà era il protenderci nel vuoto per toccare il cielo profumato di primavera, per raggiungere il sole che giocava a nascondino con le nuvole prima di defilarsi dietro le montagne nell'ora del tramonto. La nostra libertà era come le crisalidi del baco da seta. Le liberavamo dai bozzoli attaccati alle foglie del gelso dai frutti rossi e le lasciavamo sfarfallare la sera.

A me – disse un giorno Desirè - non mi aveva liberato nessuno, neanche mia madre. Mi aveva lasciata nel bozzolo perché aveva paura. Se avesse reagito saremmo morte entrambe.

Lei pensava che la mia libertà era finita quando mi aveva data alla luce. Piangeva mia madre, piangeva per non avere avuto il coraggio di stringere attorno alla mia gola il cordone ombelicale dal quale mi aveva nutrita. Non lo aveva fatto perché mi aveva voluta tanto e per questo mi aveva chiamata Desirè".

LA GIOSTRA

La giostra la comandava lui, la faceva girare a piacimento, facendoci salire chi voleva e quando.

Voci tonanti, musica ad alto volume, rumori, risate, suoni, luci, colori, oggetti animati, figure variopinte, pedane rotanti e il luna park prendeva forma nella sua mente un po' stordita. Era stanca e infastidita, non vedeva l'ora di scendere giù da quella giostra che invece girava impietosa, facendole venire i capogiri. Soffriva di vertigini e sapeva quanto stava male però su quella giostra ci saliva ogni volta con l'impegno di non farsi sopraffare. Era bella, colorata, piena di luci, era attraente e lei ogni volta ci cascava. "Non ci salirò mai più", diceva tra sé e sé ma la volta successiva, si piazzava in prima fila ad attendere il turno per poterci risalire. Quella giostra di legno con le scene animate era come una calamita e il giostraio questo lo aveva capito, aveva notato come lei facesse del tutto per fare un giro sulle carrozze dorate, sui cavalli alati, sulla prua delle navi, sui delfini, per immergersi in quel magico mondo di fiaba che sia pure per poco, ti allontana dal mondo reale. La giostra faceva bella mostra di sé al centro della piazza e per la sua imponenza sovrastava il luna park. Ci era salita tante volte, aveva riso e pianto, aveva sofferto e gioito. Lo sapeva che un giorno o l'altro tutto si sarebbe dovuto inevitabilmente fermare. "Tutto finisce, nulla è per sempre"- diceva dentro di se, la vita è così è come una giostra, gira intorno a sé stessa è piena di gioie ma anche di dolori e di rinunce. Quella volta decise di rinunciare però la colpa non fu la sua ma del giostraio, un tipo strano, attraente ma molto furbo dentro. Attirava la gente con il suo sorriso smagliante, con quell'aria scanzonata e quel suo atteggiamento cortese. Era un uomo vissuto, aveva girato in lungo e in largo, aveva fatto il giostraio per tutta la vita, conosceva i segreti del mestiere, sapeva coinvolgere ed appassionare. La giostra la comandava lui, la faceva girare a piacimento, facendoci salire chi voleva e quando. Quella sera era stato spietato, aveva deciso di far girare la giostra vorticosamente, molto più del solito. La donna col cuore in gola ed il fiato sospeso, si aggrappò alla sbarra di sicurezza e lo guardò supplichevole ma vide che era compiaciuto di quella estrosità, giocava. Man mano che quella velocità forsennata andava diminuendo, aumentava in lei il desiderio di scendere e fuggire. Così fece, scese e scappò. Per andare dove? Non aveva scampo, fuggiva da sé stessa per potersi ritrovare. Fu una corsa con tanti ostacoli, a volte insormontabili come le montagne russe del luna park che ti tolgono il sospiro mentre ti danno ebrezza. Una corsa senza traguardo perché il traguardo non lo vedeva, era dentro di lei. Lo cercava fuori, non sapeva che non lo avrebbe trovato mai da nessuna parte. E' passato del tempo da allora e la giostra è ancora lì, è al centro della piazza. I cavalli arrancano davanti alle carrozze arrugginite, le sirene ciondolano sulle carene scolorite e fatiscenti. Sulla pedana rotante inciampa il giostraio. E' sempre lo stesso ma ha lo sguardo nel vuoto. Ha giocato molto nella sua vita, ha ingannato e deluso. Ora vive del suo passato.

LA SCATOLA DEL TEMPO

Un giorno in cantina tra le cose conservate aveva trovato un orologio.

Per credere nelle cose bisogna provarle e lei oramai credeva a tutto anche se non tutto nella sua vita era stato provato. Il dolore per la perdita delle persone care le sembrava il massimo, lo considerava il picco nel termometro della disperazione.

Si sbagliava perché ogni dolore è diverso e l'intensità dipende da numerosi fattori. Tra questi la delusione, sentimento straziante.

Se avesse raccontato a qualcuno il motivo che le procurava questo stato d'animo negativo e così profondo, questo qualcuno le avrebbe riso dietro e le avrebbe detto "ma vai, non scherzare, i dolori veri sono ben altri".

Ma se questo qualcuno avesse vissuto un pizzico della sua esperienza, l'avrebbe capita, compresa, giustificata. Ma a che serve la comprensione della gente se dentro ti si è creato un deserto?

Ora dentro di sé aveva una distesa infinita di niente, di vuoto di vivere. Il sintomo era un morso creato nello stomaco dall'idea di un domani senza le persone per cui un giorno decidi di immolare la tua vita. Le sue storie erano finite, erano state interrotte senza pietà dai distacchi per sempre. Partenze per l'eternità e passaggi di persone che incontri nel tragitto e che immagini tuoi compagni di viaggio. E ricaricarsi per ricominciare era diventato difficile.

Un giorno in cantina tra le cose conservate aveva trovato un orologio. Era un orologio con un meccanismo antico, funzionava con la corda ed un bilanciere coi rubini. Lo prese, lo guardò, provò a riavviarlo ma non andava, probabilmente si erano arrugginiti gli ingranaggi. Lo portò dall'orologiaio che, stupefatto, lo rimise in funzione. Per pochi giorni segnò le ore, i minuti e poi ritornò a tacere. Sembrava in buone condizioni ma era solo apparenza, dentro era rotto, non poteva più funzionare.

Aveva riflettuto molto sulla storia del suo orologio antico e del tempo che va, della vita che scorre. Ed ora l'immagine andava verso un parco giochi dove a volte si va e si pensa di poter ritornare bambini ma non ci sono le energie del gioco, il volto è solcato e le articolazioni sono arrugginite come i meccanismi del vecchio orologio, come gli ingranaggi nella scatola del tempo che va.

TRA LE BRACCIA DI MORFEO

Le venne subito in mente il detto che pronunciavano le persone anziane della sua famiglia per definire il legame tra due persone: "si volevano talmente bene, che si dividevano il sonno".

"Posso dormire accanto a te?" – gli domandò, raggiungendo in punta di piedi il capo del letto, nella stanza accanto. "Che fai ora mi svegli!" – rispose. Si era coricato un po' prima, ma lei non immaginava che avesse preso già sonno. Si era attardata nel bagno per farsi una doccia calda, aveva bisogno di rilassarsi, era stanca e febbrilmente ansiosa. "Certo vieni - proseguì con la sua voce un po' rauca e impastata di sonno - ma fai piano non mi svegliare completamente." Si adagiò accanto, in silenzio, senza fare rumore, non osò nemmeno tirare su le coperte, rimanendo quasi sospesa, senza fiatare, in quell'angolo del letto, in mezzo alle lenzuola. Quante volte aveva sognato quel momento! Aveva desiderato profondamente dormire una notte con lui. Spogliarsi, coricarsi al suo fianco, stringersi attorno alle sue braccia, avviluppare il suo corpo intorno al suo, sentirsi

23

avvolta dal suo calore, inebriarsi del suo profumo, respirare il suo respiro, sentire i battiti del cuore. Per lei non c'era nulla di più bello tra due persone che si vogliono bene, che condividere il letto. Il dormire insieme doveva essere una importante manifestazione di affetto. Le aveva promesso che un giorno o l'altro sarebbe accaduto e che l'avrebbe accontentata. Già, accontentata perché questo momento lei glielo aveva chiesto più volte. Voleva un dono, una romantica notte nello stesso letto. Finalmente una sera notò che era gioioso, sereno più del solito, tranquillo, sembrava non avesse fretta. Aveva lasciato in pace l'orologio, non lo controllava come consuetudine in ogni momento. "Stanotte dormo con te, sei contenta?"- le disse a bruciapelo ma con dolcezza, come si fa con una persona cara alla quale si desidera manifestare il proprio affetto. Era un bel gesto, inaspettato, unico in un certo senso ed aveva un valore antico. Le venne subito in mente il detto che pronunciavano le persone anziane della sua famiglia per definire il legame tra due persone: "si volevano talmente bene, che si dividevano il sonno". Era quello che lei voleva, la conferma del volersi bene profondo.

RICORDO É AMORE

MIO PADRE

Aveva avuto a che fare con la terra, anzi con quello che c'è sotto, nelle visce-
re dentro le miniere di carbone.

Si alzava all'alba, anzi, ancora prima che facesse giorno. Lo faceva d'estate soprattutto, e poi alle otto quando noi ci svegliavamo era già casa. Noi nel senso di io perché mia mamma si levava presto anche lei. Nelle prime ore del mattino mio padre andava in campagna.

Quando scendevo dal letto il mio primo passo era diretto verso il balcone, da lì lo cercavo. Lo vedevo già davanti alla porta di casa, seduto al fresco, bello, lavato, profumato di pulito. Mio padre, aveva fatto anche colazione, la seconda colazione, quella dopo il caffè.

Pane, pomodoro, sale, olio e un bicchiere di birra. La birra l'aveva sostituita al bicchierone d'acqua fresca spillata dal rubinetto della cucina, diceva che aveva bisogno di recuperare energie e gradiva quella bevanda bionda e dissetante.

La nostra campagna distava dal paese circa due chilometri, misurava circa cinque verzure, era adagiata sul fianco di una collina e vista dal

25

paese, sembrava un'opera d'arte. Infatti era un capolavoro cesellato a mano da un valentissimo scultore. Era una simmetria, ogni cosa al suo posto. L'orto, la vigna, il frutteto, l'oliveto, non c'era un filo d'erba e la terra sempre dissodata, dava frutti gustosi e lui era tanto orgoglioso di questo capolavoro.

Non aveva mai fatto il contadino ma tutt'altro. A pensarci, però, si che aveva avuto a che fare con la terra, anzi con quello che c'è sotto, nelle viscere dentro le miniere di carbone.

Era poliedrico mio padre, la sua vita era stata intensissima, era stato in Africa dove aveva gestito una piccola impresa di trasporti pubblici, poi in Europa e in Belgio dove per fronteggiare la crisi e ricominciare, aveva fatto il minatore. Non si era mai risparmiato e ogni volta si era rimboccato le maniche per fare.

Mio padre non era mai stato a guardare.

Era tornato in Italia negli anni sessanta e aveva aperto un'attività commerciale nel settore dell'edilizia. Dopo la pensione aveva riservato alla terra energie e passione. Andava in campagna con il motorino e noi avevamo sempre tanta paura, si era fatto anziano. Ma aveva bisogno di guadagnare tempo per dedicarsi più proficuamente ai lavori di cesello con la zappa e il bidente.

La sua campagna doveva essere perfetta, la terra dona se la si coltiva. Aveva ragione, ora quella terra è un groviglio di rovi, più nessuno la ama come l' aveva amata lui.

Stamattina sono uscita anch'io presto, ho camminato lungo la spiaggia, è stata la prima giornata di bel tempo, c'era un sole dorato che appariva all'orizzonte nitido, spandendo i suoi riflessi nell'acqua che si trasformava assumendo il colore del raggio che la permeava.

Ricordo è Amore

Mi è venuto in mente mio padre e il suo ricordo mi ha stretto il cuore per tutto il giorno. L'avrei voluto ancora con me, anche per poco, il tempo per dirgli le cose rimaste sospese nel silenzio dei suoi ultimi giorni. Ho pensato alle sue albe e ai miei risvegli.
Non torneranno mai più.

LULE BORE
BUCANEVE

La lenta stagione invernale compiva il suo ciclo e mentre i campi si disseta-
vano assorbendo lentamente la neve disciolta dai raggi del sole, sui prati e
sui pendii affioravano dal candore del manto, gli steli turgidi dei lule bore.

Una nevicata così, non si vedeva da molti anni. Anzi, sembrava proprio che l'effetto serra che negli ultimi tempi ha modificato il clima
ed il ritmo delle stagioni, avesse di fatto relegato nel piacevole angolo
dei ricordi, i rigidi inverni di una volta quando le temperature polari
portavano copiose cadute di neve.

Quell'anno, non è stato così. Le temperature rigide che si sono regi-
strate attestandosi sotto lo zero, hanno restituito al generale inverno
il suo candido e morbido mantello.

Neve dappertutto, in tutte le zone del Mezzogiorno, compreso il
Molise, dai monti (*malt*) fino al mare (*deti*), la coltre bianca aveva
coperto i campi, le strade, i tetti. Un panorama stupendo e un clima
festoso per le vacanze inaspettate e per la gioia dei contadini consape-

voli dell'effetto benefico della neve sui campi seminati.

La piacevole sorpresa era stata turbata però dall'insidia del ghiaccio. Una trappola, quella delle gelate notturne che aveva colto di sorpresa gli automobilisti in panne, i produttori di primizie e gli ortaggi bruciati dal gelo. Nonostante i problemi, la neve (*bora*) non ha perso il suo fascino e come d'incanto ha fatto riaffiorare alla memoria, il ricordo delle stagioni passate quando i ritmi quotidiani degli uomini non erano frenetici come questi attuali e quando le abbondanti e frequenti nevicate costituivano una occasione di aggregazione sociale.

1956.

La nostra abitazione, ora completamente ristrutturata, era situata al piano terra e in parte al secondo piano di un caseggiato costruito al centro del paese e risalente al 1778 come si evinceva da una lastra di pietra posta sopra lo stipite della porta d'ingresso principale.

Constava di diversi locali adibiti a magazzino, attigui al vano cucina sormontato da una scala di legno che portava al piano superiore.

Qui c'era la camera da letto dei miei genitori e la sala dove dormivo io. Sul pianerottolo spiccava la cornice di una porta murata che divideva la nostra dalle abitazioni di altre famiglie.

Su questo piano, dietro la porta murata c'era un corridoio lungo, stretto illuminato da una sola finestra tipo feritoia che affacciava su una strada laterale e terminava con una porta d'ingresso posta sul ballatoio di una scalinata imponente. Era l'ingresso delle case dei nostri coinquilini, le cui finestre e i balconi affacciavano sulla piazza del paese, sopra i magazzini. La casa, dicevano gli antichi, era stata una proprietà del duca di Belgioioso di Petacciato, che la utilizzava in occasione delle battute di caccia nel bosco del paese. Ecco, in quel famoso inverno, i miei genitori, comunicando con i vicini attraverso lo spessore della porta murata, decisero di aprire un varco per consentire loro di scendere nella nostra cucina e trascorrere insieme le lunghe e fredde giornate attorno al focolare.

Tra le mura domestiche, intere famiglie, nonni, padri, figli, nuore, nipoti, amici e parenti, vi si raccoglievano per raccontare e ascoltare vecchie ed affascinanti storie, sgranocchiando ceci con la sabbia (*qiqëre ma rëre*), scoppiettanti chicchi di gran turco (*karpëlite*), fave secche abbrustolite (*bathë të pikure*), fichi secchi (*fiqë thë thate*), taralli col vino (*taralle ma verë*).

Erano queste le autentiche prelibatezze di una gastronomia contadina che privilegiava, nei giorni del gran freddo, pietanze appetitose e robuste. Nella nostra cucina, mia madre e Melina, la vicina moglie di Everisto il parrucchiere, avevano preparato la polenta nel paiolo di rame appeso alla kamastra e chiamando a raccolta noi bambini, la versavano ancora fumante sul tagliere al centro della tavola per poi condirla con con aglio (*hudër*), olio (*vaj*), salsiccia e fegatazzo (*dromse ma lekëng e fikatac*). I fagioli con le cotiche (*fasule ma kotëke*), cotti lentamente dentro la pignatta attorno al fuoco, la salsiccia di fegato sotto la cenere (*fikatacë fëxhëate*), le patate con il baccalà sotto la coppa, cotte sulla pietra del camino con il fuoco sopra e sotto (*patane ma bakaà raanatë ka kopa*), il pane unto con peperoni secchi croccanti (*panund ma gjauille të thate kërçi kërçi*) erano le prelibatezze di quelle giornate fredde, nei nostri paesi isolati a volte anche per lungo tempo, dalle bufere che seguendo la direzione del vento, formavano dei veri muri di neve (*refet*).

"Fortunati voi bambini che non andate a scuola - diceva mia madre-quando ero piccola io non c'erano tante comodità. Al mattino, il rumore dei badili (*lapatet*)degli spalatori arruolati dal comune, ci faceva sobbalzare dal letto e ci preparavano ad andare a scuola portandoci dietro lo scaldino o il pentolino con le braci ardenti".

Altro che termosifoni. Erano le stufe di ghisa, con le bocche piccole ma voraci, riempite da alcune bracciate di legna dall'unico bidello tuttofare, a rendere un tantino più tiepida l'aria negli stanzoni degli edifici scolastici. Nelle case private, in quei comuni, come il nostro, dove non c'erano le strutture le aule di fortuna venivano riscaldate coi carboni che, come ricordava la mamma, ogni bambino portava da casa e che prestissimo si consumavano trasformandosi in cenere.

Erano, tutto sommato, tempi felici perché seguivano la fine della guerra anche se la piaga della disoccupazione faceva allontanare dai paesi centinaia e centinaia di persone, travolte, loro malgrado dalla piena dell'emigrazione. In quei periodi di magra, come diceva mamma nei suoi discorsi- " anche la neve rappresentava una ricchezza. Una ricchezza per il futuro dei raccolti".

"*Ndën borës buka, ndën shiut putita*", Sotto la neve pane, sotto la pioggia fame" recitavano i vecchi che forti della loro esperienza e nutriti dalla saggezza popolare, si apprestavano a stipare la neve in appositi spazi, le neviere (*nëveret*) dove coperta ed alternata con strati di paglia si consolidava trasformandosi in lastre di ghiaccio. Le insostituibili barre che, chi poteva, andava a comprare a pezzi per refrigerare le bevande durante la calura estiva.

La gioia di noi bambini erano le stallatiti di ghiaccio (*akuet*) che pendevano dalle grondaie, dai balconi e dai davanzali delle finestre, le

staccavamo per succhiarle come fossero ghiaccioli. Una vera ghiot-
toneria era il sorbetto (*Xurbeta*). Affondavamo i cucchiai dentro una
scodella di neve scelta tra quella meno soffice e più cristallina, dolci-
ficata dalle nostre mamme con abbondanti spruzzate di mostocotto
(*mestekoti*), un liquido brunastro dal profumo dolce e liquoroso preparato con cura con le uve della passata vendemmia.

Il non plus ultra erano i lanci di palle di neve, gli slittini improvvisati
con le assi dello scaldaletto (*skalaliti*), gli sci ricavati dalle fresche can-
ne dei canneti che crescevano rigogliosi nelle pendici e nei valloni, i
pupazzi di neve lavorati con cura come fossero dei capolavori dell'arte scultorea. Erano i giochi più frequenti che allietavano, grandi e piccoli, gli abitanti delle nostre località ammantate di bianco.

Che dire della nenia popolare? "*Bije shì e bije borë,/Lauretija vë kurorë,/vë kurorë te djl manatë/ha një çill i that i that.*

*Cade la pioggia e cade la neve/, Lauretta si deve sposare/si deve sposare
domenica mattina,/ mangia un dolce secco secco*".

In un'atmosfera giocosa ed ilare, la lenta stagione invernale compiva
il suo ciclo e mentre i campi si dissetavano assorbendo lentamente la
neve disciolta dai raggi del sole, sui prati e sui pendii affioravano dal
candore del manto, gli steli turgidi dei bucaneve (lule bore).

Nota
La nevicata del 1956 e la relativa ondata di freddo rappresentano un evento mete-
orologico di particolare rilevanza ed eccezionalità storica per dimensioni del fenomeno che colpì il continente europeo e l'Italia nell'inverno di quell'anno.
Nel mese di febbraio un'ondata eccezionale di freddo investì buona parte dell'Europa e dell'Italia, coprendola di neve e gelo con un'intensità tale da essere definita
la "nevicata del secolo": costituì infatti l'evento nevoso più marcato e pesante dai
tempi dell'inverno 1929 per tutta la penisola, ed i successivi fenomeni del gennaio
1985 e 1986, non meno rilevanti, non ne eguagliarono comunque.

L'INFANZIA E I MITI

BEFANA MIA BEFANA

*Quando mi accorsi che la mia befana adorata era la mamma, finì brusca-
mente un sogno, si interruppe una favola, si concluse un mito. Non esagero
se dico che fu come semi fosse crollato il mondo addosso. E' una malinconia
che ancora oggi dopo più di 55 anni, ancora mi prende.*

Il tutto avvenne all'alba del 1957 del 6 gennaio, ricordo precisamente l'ora, il momento, la circostanza. Vicino alla mia calza appesa davanti al focolare, riempita con pezzi di carbone e qualche
caramella di zucchero, di quelle fatte in casa e avvolte nella carta
velina colorata, per simulare la traccia del passaggio della vecchina,
era posato un elegante involucro.
Non so perché ma non lo afferrai subito, lo guardai incuriosita ma
indugiai ad aprirlo mentre nella mia mente pensavo che forse sarebbe stato meglio se quell'involucro non ci fosse stato.
Alle mie spalle, mia madre, con studiata indifferenza, lasciava tutta
quanta a me la gioia della sorpresa.
Dopo un po', attratta dalla curiosità ma con titubanza, presi il pac-

chetto, lo svolsi, e dall'involucro di carta colorata, venne fuori una meravigliosa casetta di latta. Le pareti erano di colore arancione, il tetto era di tegole bianche disposte ad una ad una, la canna del camino grigia, le imposte delle finestre e il balconcino erano verdi e rosse. Una meraviglia!

Quella casetta lì con il suo secondo piano poggiato su una base piena di caramelle, io l'avevo vista nella vetrina del bar di Raffaele, all'angolo della casa accanto alla chiesa del mio paese. L'avevo vista, guardata e desiderata, qualche tempo prima, mi aveva colpita molto perché era l'unica cosa bella che si distingueva in mezzo alle caramelle e altre leccornie da vetrina.

Negli ultimi giorni, uscendo dalla chiesa, avevo notato a malincuore che non c'era più. "Sicuramente sarà stata comprata da qualcuno ricco per un regalo importante" dicevo tra me, invece l'aveva comprata mia madre per me. Ma ora io non la volevo più perché con quel suo costoso e tenero gesto, mia madre realizzando un desiderio, aveva infranto un sogno.

Guardandomi percepì la mia delusione e molto premurosamente si avvicinò e per rimediare mi disse: "quest'anno sei stata e brava e la befana, quella che vola a cavallo di una scopa, che atterra sui tetti e scende dai comignoli per entrare nelle case dei bimbi e riempire le calze appese di dolciumi, mandarini, carboni o cenere, a seconda della circostanza, ha letto nel tuo pensiero e per premiarti ha scelto un dono da te desiderato".

Ma che sorpresa!...La guardai incredula e tra le lacrime mi lanciai tra le sue braccia. Volevo che mi dicesse che la befana, quella che nutriva i sogni, l'avesse solo incaricata di comprare quel dono per me.

Volevo essere grata a mia madre, senza rinunciare al sogno.

E così incurante dei doni, mi lasciai accarezzare dalla melodia della filastrocca che mia nonna aveva saputo adattare per la befana del mio paese: *oh befana, mia befana, tu che esci dalla tana, tutta quanta incipriata, tutta bella profumata, lerà lerà lerà llerà là là, là là. A Montecilfone è arrivata e nella piazza si è fermata, e domanda agli spioni se i bambini sono stati buoni, lerà lerà lerà lerà là là là là. E se buoni non sono stati, la befana li porta via, la befana li porta via, nel paese del'epifania, lerà, lerà, lerà, lerà, là là, là là.*

MIO CUGINO MICHELE
I passerotti sulla neve e la minestra di patate.
Im kushrì Mikeu , zogjët ka bora e menestra ma patane.

Ad un certo punto, Miclinella, vedetta di turno, intravide delle ombre e dei strani movimenti. Con fare preoccupato gridò il comunicato : "a pash, a pash, isht nj çë vete ka zogjtë, ikmi, ikmi, vemi e shohmi "l'ho visto, l'ho visto, c'è uno che va dagli uccellini, corriamo, corriamo, andiamo a vedere!

Era un bambino diverso, diverso nel senso buono del termine.

Nella nostra famiglia noi tutti bruni, lui era biondo; di media statura, lui era più alto. Tutti più o meno ubbidienti ai richiami dei nostri genitori, lui no, disubbidiva sempre. Tutti cercavamo di studiare e fare bene i compiti, anche lui lo voleva perché poi doveva ricopiarli. Mio cugino Michele, ora adulto e brava persona, era così.

Eravamo coetanei, veramente in quell'anno , 1950 , nascemmo in tre. Io, Michele e Giovanni, tre cugini. Michele era bello, simpatico, si distingueva dagli altri bambini per il suo modo di essere autonomo, indipendente, sicuro di sé sin da piccolo. Era l'opposto di Giovanni, bambino più tranquillo e pacato.

Ora, come allora, Giovanni è persona dotata di grande virtù e senso di responsabilità. Non ho molti ricordi d'infanzia con lui perché la sua famiglia era sempre vissuta a Campomarino. Ho una foto che ci ritrae vicino a una lambretta. Lui, fiero, io spaurita.

Con Michele invece, era diverso, eravamo nati e cresciuti insieme. E' il terzogenito di zio Matteo, terzo e ultimo fratello di mio padre, il primo era zio Giuseppe, papà di Giovanni. Erano due i fratelli e due le sorelle di mio padre. Le sorelle veramente erano state tre, zia Maria e zia Nella, meravigliose, la terza, Michelina di cui io e Michele portiamo il nome, il mio secondo nome è appunto Michelina, era scomparsa prematuramente.

Tra zio Matteo e mio padre, il vincolo di fratellanza é stato unico e speciale. Zio Matteo era un uomo bellissimo, bruno coi baffi, alto, molto istintivo e coraggioso. Per me era un secondo papà, per il suo modo di essere presente nella mia vita quando mio padre viveva per lavoro all'estero. Lui e sua moglie, zia Lucia, erano molto vicini a mia madre e in ogni occasione e circostanza trovavano il modo per non farci sentire la solitudine. Loro vivevano a Termoli dove lo zio lavorava però avevano una casa a Montecilfone dove avevano abitato diverso tempo prima del trasferimento. E in questa casa in via Silvio Pellico, dove io ero nata, spesso ci ritrovavamo a giocare.

Ricordo particolarmente, un lungo e freddo inverno, forse il 1956, neve e temperature polari, noi bambini giocavamo attorno al focolare. A quei tempi il focolare era tutto; era il posto dove ci si sedeva per riscaldarsi, per cucinare, per bollire l'acqua per la pulizia personale, per lavare i panni, per raccontarsi le cose, era il luogo dove gli uomini sorseggiavano un bicchiere di vino sgranocchiando ceci e fave abbrustolite. Era lì che si trasmettevano i valori, le esperienze, dove i bambini imparavano dai loro genitori e di più dai nonni, a diventare uomini. Ebbene, un giorno, attorno a quel focolare eravamo io, Elsa, mia cugina più grande e sorella di Michele e Miclinella, loro cugina per parte di madre. Elsa e Miclinella ogni tanto si appartavano per dirsi le cose che noi non dovevamo sentire, le prime emozioni, i primi amori e poi tornavano a giocare. Elsa, quanti ricordi!

Con lei ho avuto un rapporto speciale quando era già donna, moglie, mamma. Era diventata la moglie amatissima, di un ragazzo unico, buono e speciale, Lillino, parente di Silvana la mia amica del cuore. Andavo spesso da loro ed ero accolta con gioia e nella loro casa di Temoli in via Duca degli Abruzzi, trascorsi con i miei genitori, non lo dimenticherò mai, il mio primo giorno da laureata.

Ora, entrambi non ci sono più, sono nel mio cuore. Il ricordo di Elsa spesso si incrocia con quello di sua cugina. Miclinella, vive nel mio paese, in piazza Skanderbeg, con sua figlia Nicole formano un duo inseparabile. Una volta andammo nella sua casa nel quartiere gessaio. Cucinò per noi una minestra di patate che ancora oggi, a pensarci, fa venire l'acquolina in bocca. Le patate le cavammo direttamente nell'orto dietro la casa, togliemmo la terra, le lavammo con l'acqua della candra, l'orcio di terracotta dal quale ogni famiglia attingeva l'acqua trasportata nelle case con gli asini e muli, dentro i barili. Dopo averle tagliate a pezzi consegnammo le patate a Michelinella, che nel frattempo, in una grande pentola di terracotta, aveva preparato un sugo di pomodoro dal profumo straordinario. Era un profluvio di fresco. Olio d'oliva, pomodori a pezzetti, sedano , basilico e cipolla prelevati nell'orto. Sale, un pizzico di pepe, una falda di peperone e tanta generosità.

Quel tegame era uno spettacolo di colore: rosso, bianco, verde, giallo. Dopo 15 minuti di cottura che a noi ci parvero un'eternità, Michelinella, portò a tavola il coccio trionfante e noi ci tuffammo nella minestra, prendendone a volontà. pezzettammo nel piatto delle fette di pane casereccio impastato da sua madre e tagliate a giro dalla pagnotta gigante.

In quel fatidico febbraio del 1956, nella casa di via Silvio Pellico, eravamo soli e lui, Michele, si adoperava per farci indispettire. Eravamo famiglie spezzate. I nostri padri erano all'estero e noi con le mamme attendevamo il loro rientro, una volta all'anno. Mia madre faceva la sarta, aveva un piccolo laboratorio nella casa di largo Trento e Trieste, che poi è stata la seconda casa dove abbiamo abitato, fino al rientro definitivo di mio padre dal Belgio, nell'estate di quello stesso anno. Quel giorno, le mamme erano nel laboratorio a cucire. Il laboratorio era nella zona antistante la cucina. Un tavolo a libro aperto sul quale mia mamma, riga, squadra, spilli, spagnolette, aghi, ditale e forbici, tagliava ,imbastiva e metteva in prova gli abiti per le parenti e le sue amiche. Era sveltissima e super brava, precisissima, bastava una prova e i vestiti indossati scendevano addosso, perfetti. Aveva molta fantasia per i modelli e ogni capo era sempre un'esclusiva. Anche i vestiti che io indossavo, tanti e belli, erano sue creazioni. Aveva una macchina da cucire a pedale, della marca Singer, un portento e molto adatta per il suo talento. I miei abiti, confezionati con stoffe pregiate, venivano sempre scambiati per capi di alta moda dalle amiche facoltose che frequentavo all'Università. Le nostre mamme erano nella cucina laboratorio anche in quel freddo giorno di febbraio, intente ai lavori, mentre noi quattro trascorrevamo il tempo nella casa di via Silvio Pellico. Quella casa, ancora oggi, quando ci passo davanti, la trovo che profuma d'inverno.

Sento il calore del fuoco, il profumo dei dolci di Natale, vedo l'amalgama del croccante di mandorle tostate mentre, biondo e fumante, viene colato sul ripiano di marmo del tavolo della cucina laccato di olio d'oliva per essere raffreddato e tagliato a quadrati.

Rivedo il vassoio dei mostaccioli coperti con la glassa di zucchero brunito. Annuso il profumo dei caragnoli fritti, affogati nel miele, posti dentro una grande coppa bianca appoggiata lontano dalla nostra vista sul ripiano del settimino.

Sento le mie grida di gioia mentre dal balcone della cucina libero dalla caiola (gabbia) i pulcini da chioccia per restituirgli il volo. Non dimentico le urla di mia madre che mi rimprovera, incredula, per averli fatti morire.

Ricordo noi quattro ragazzi in quella rigida giornata invernale. Giocavamo più o meno tranquilli e a un certo punto, andando fuori a prendere qualche pezzo di legna per il focolare, vedemmo che aveva preso a nevicare. La temperatura si era fatta rigidissima e soffiava un forte vento di maestrale. Da dietro ai vetri guardavamo fuori e lì, in quel vortice bianco i passerotti infreddoliti e indifesi, si lasciavano travolgere da quella forte bufera di neve. Michele pensò di doversi prendere cura di quegli uccellini spaventati.

Detto fatto, escogitò un sistema: creare un luogo protetto dove i passerotti si sarebbero potuti rifugiare. Dopo un veloce consulto decidemmo che il luogo ideale poteva essere l'angolo tra le due case all'imbocco della strada, nella parte più alta e riparata, sotto il portico di Cinzo (Vincenzo Marolla) il gelataio. Michele, presi cartoni e pezzi di legna, incurante della neve che cadeva a pelo di gatto, raggiunse il posto e a modo suo, costruì un alloggio provvisorio per i passerotti di Montecilfone. Orgoglioso dell'opera realizzata, coperto di neve e bagnato fino all'osso, rientrò in casa per prendere le briciole di pane. Noi bambine impavide, tentavamo di seguirlo, infreddolite, ma lui ci imponeva di essere silenziose e invisibili per non far spaventare le piccole bestiole. Riuscì a trasmetterci un'ansia e un patos profondi. Con la porta di casa semiaperta, dalla soglia, seguivamo a turno il volo degli uccelli sbattuti dalla direzione del vento, comunicando agli altri, quanti erano i passerotti che planavano. Ad ogni comunicato, seguivano grida di gioia, manifestazioni di giubilo per i passerotti che, secondo noi, avevamo tolto dal pericolo di morte per freddo e fame. L'idea di Michele, all'apparenza, sembrava funzionare. Sembrava perché a un certo punto, mettendo insieme la logica dei nostri pensieri, notammo che c'era qualcosa che non tornava. Pochi erano i passerotti che dopo essersi posati riprendevano il volo. Ad un certo punto, Miclinella, vedetta di turno, intravide delle ombre e dei strani movimenti. Con fare preoccupato gridò il comunicato: *"a pash, a pash, isht nj çë vete ka zogjtë, ikmi, ikmi, vemi e shohmi"* l'ho visto, l'ho visto, c'è uno che va dagli uccellini, corriamo, corriamo, andiamo a vedere!

Corremmo. Ora la neve fioccava più lenta. Immantinente Michele si appostò in un punto strategico. Noi ci tenemmo in disparte. Stette lì intirizzito e quasi pietrificato per diverso tempo e poi, ad un certo momento, lo sentimmo gridare e tuffarsi nulla neve su un coso animato. Il coso era un ragazzino che abitava di fronte. Era il fratello di Miranda, una bambina coetanea con la quale mi era stato severamente proibito di giocare da quando una volta, assumendo il ruolo di parrucchiera lei e io di cliente, pettine e forbici in mano, mi tagliò tutti i capelli, non vi dico come.

Peppino, era questo il nome del bambino, dalla sua casa aveva seguito tutte le operazioni di salvataggio escogitate da Michele. Quatto quatto, senza farsi vedere, aveva posizionato delle piccole trappole e ogni tanto andava a prelevare i passerotti imprigionati. Peppino, era più piccolo di noi, aveva i capelli ricci e giocava con un'altra squadra del suo quartiere. Di lui, a parte l'episodio dei passerotti, ho una bella immagine, veramente una sequenza di ricordi. Lo rivedo rigovernare i buoi prima di aggiogare il carro di Sant'Antonio. Era un devoto speciale e aveva perpetuato la tradizione fino alla fine della sua vita. Raffiguro la falcata del suo passo lungo davanti alla pariglia, dietro la processione. Era di statura bassa e di simpatia speciale. Il suo cognome era un altro ma lo chiamavamo, come si usava in paese, con il soprannome della sua famiglia. Michele gli si avventò contrò e lo colpì. Dalle case uscirono i grandi e divisero i due bambini che se le stavano dando di santa ragione.

Il PERGOLATO DI UVA REGINA

Più in là, al centro del campo, come l'albero maestro di una nave, c'era lui, il fico verdesca piantato dal nonno quando era nata quella piccola grande donna, bella e tenace, con le mani incallite.

Mangiavano intorno al boccaglio del pozzo tra i pergolati di uva regina. Alle loro spalle una *"kalida"*, le capanne di paglia dei contadini a forma conica e tutt'intorno, sotto i tralci, la menta e la maggiorana emanavano un profumo intenso che si mescolava con gli aliti del basilico, del prezzemolo, dell'erba cipollina e dell'aglietto. La nonna staccava le foglie tenere, le spuntava e le risciacquava con l'acqua freschissima del secchio che tirava grondante dal pozzo. Le poneva con cura nel piatto grande di ferro smaltato ricolmo di pomodori tagliati a pezzetti e conditi con i profumi dell'orto, con l'olio e il sale appena pestato dentro il mortaio di legno.

L'invitante e improvvisato desco veniva preparato molto accuratamente da quella grande donna che riusciva a mettere insieme con gusto e fantasia tante semplici cose. Il rito che precedeva questo momento era ineguagliabile per la perizia con la quale, recisi alcuni steli nel canneto più a valle, intagliava le tenere cannucce con un vecchio coltello a serramanico trasformandole in originalissime forchette con due rebbi. Bei tempi, indimenticabili, che tornavano sempre nella sua mente con la nostalgia di quell'amore delicato con cui la nonna rendeva piacevole ogni occasione.

Intorno a quel pozzo, sul far della sera, le piaceva sostare per ascoltare l'eco del suono delle campane della chiesa che sormontavano la vallata diffondendosi melodiose nell'aria. Le case, al tramonto, apparivano alla vista con i riflessi dei pinci di terra rossa, con le finestre e i balconi ricolmi di basilico e fiori. Quel fazzoletto di terra era il suo angolo preferito perché da lì le sembrava di tenere sotto controllo il mondo, rappresentato dalle rare automobili che attraversavano la strada statale che si snodava a zig zag sul declivio. Alle sette della sera lo spettacolo si arricchiva con il passaggio del pullman di linea che collegava i paesi del versante adriatico con la città capoluogo. Ridiscendeva la china annunciandosi con un suono di clacson prima di ogni svolta, i colpi diventavano tre all'imbocco del tornante.

Quel pezzo di terra era un' armonia di cose. L'uliveto, la vigna, l'orto, il frutteto, ogni albero, ogni pianta al suo posto e sotto i filari il tappeto di fragole odorose che si espandeva a primavera. Che dire dei nidi dei passerotti dentro i rami del salice? Più in là, al centro del campo, come l'albero maestro di una nave, c'era lui, il fico verdesca piantato dal nonno quando era nata quella piccola grande donna, bella e tenace, con le mani incallite che improvvisandosi contadina, non aveva ceduto alle difficoltà della vita e aveva trasformato quella versura in un ameno angolo del paradiso in terra.

44

RIPETI CON ME

Le piaceva da morire anche per l'incedere della voce e le pause che conferi-
vano solennità all' espressione, erano carezze di parole.

"Ripeti con me" le diceva ogni volta che mostrava di non avere capito
la nota umoristica di alcune frasi appena pronunciate, la invitava a
scandire le parole quasi sillabando. "Ripeti con me: io sono....." "..Io
sono..." "matta"... "no, in dialetto - ribadiva - Io sono..........".
Era tutto un ridere per quella locuzione a cui ricorreva per farle ri-
pensare il vero senso delle parole fraintese. Era un modo speciale, le
procurava una sensazione gioiosa che la riportava indietro nel tempo
dentro i miti dell'infanzia. Era anche un modo delicato per sottoline-
are che era stata poco attenta al significato di ciò che si stava dicendo
e per questo, magari, c'era rimasta anche male. E quella frase " Ripeti
con me: io sono..." le piaceva da morire anche per l'incedere della
voce e le pause che conferivano solennità all'espressione, si mescola-
vano a quelle carezze di parole che la facevano ritornare serena.
I fonemi suonavano melodiosi alle sue orecchie e il loro insieme ri-

calcava le frasi che aveva ascoltato quando era bambina. Erano state l'incipit del suo primo aprir bocca nell'alfabeto dei suoni veicolati dal timbro delle lettere che componevano la frase "ripeti con me" che dava inizio al dire. " Son piccina, son carina, son la gioia di papà ecc... C'era una volta, ripeti con me".

E il rosario delle favole avventurose, una più dell'altra, che la nonna le raccontava per farla diventare grande.

Non c'era la televisione all'epoca, non c'erano i media, internet non esisteva nemmeno nel mondo della fantascienza e i racconti erano illustrati dalle immagini della fantasia. E i suoi cari le avevano insegnato a nutrirla con la mente, alimentandola con cura per inculcarle il sapere, la conoscenza, la passione. Ora come allora, poche semplici cose erano sufficienti ad accompagnarla nel percorso dell'esistenza. La sua prima vera poesia l'aveva composta precocemente a sei anni, in prima elementare, quattro strofe ognuna di quattro versi a rima baciata. La maestra quando la ebbe tra le mani mentre controllava i quaderni, più che stupirsi si arrabbiò e la sottopose al terzo grado per farsi dire come era stato possibile. Rispose: "Mi ha insegnato mia nonna". La maestra non le credette ed allora ritrattò pronunciando la sua prima bugia: "me l' ha dettata la maestra Sara"- disse trasalendo e con il cuore gonfio di paura. Tornò a casa preoccupata, non riferì niente a sua mamma. La colpa era tutta della nonna e di quel "ripeti con me" con il quale, distogliendola dai giochi, le aveva riempito la mente di cose che avrebbe potuto tranquillamente imparare, più tardi, frequentando la scuola. Corse dalla maestra Sara che era sua vicina di casa. Appena diplomata aveva superato il concorso ed era andata ad insegnare fuori regione. Era tornata da poco, dopo una supplenza, era gentile e brava. Ne aveva conservato il ricordo e lo associava al rombo di un aereo militare in volo che sorvolando il paese, scendeva a bassa quota. Sara e il suo giovane pilota si erano conosciuti nel paese dell'Abruzzo dove le era stata assegnata la cattedra.

Era arruolato all'aviazione e di stanza all' aeroporto militare di Foggia durante la rotta attraversava le nuvole per lei. La corteggiò dal cielo fino al giorno in cui la portò via con l'abito da sposa.

A Sara raccontò della bugia con il cuore in gola ma lei subito la tranquillizzò. "Ripeti con me", le disse sorridendo, come sua nonna, come tutte le persone che le avevano voluto bene, allora come ora.

GIALLO SENAPE

Mentre sbirciava tra gli indumenti appesi alle grucce dentro il tendone affollato dell'ambulante, notò, nella parte dell'abbigliamento giovanile, l'impermeabile color giallo senape e disse di volere proprio quello.

Aveva scelto un impermeabile color giallo senape a doppio petto, con lo spacco dietro, la cintura in vita. Lo indossava in ogni occasione e lo portava con il bavero alzato e le maniche rivoltate. La cinta la stringeva tanto quanto serviva per accorciarlo in modo che risaltassero gli stivali neri di nappa che le coprivano le ginocchia.

Aveva voluto quel capo, a tutti i costi, per sentirsi più grande. Certamente, indossato sul grembiule risultava un po' goffo ma uscendo di casa per andare a scuola, il grembiule se lo levava e lo riponeva piegato dentro la cartella, poi se lo rimetteva addosso poco prima di entrare in classe. Per fortuna non si sgualciva ed il merito era della magica stoffa, il terital, usato per la confezione.

L'impermeabile giallo senape se l'era tenuto tutto l'inverno fingendo che fosse abbastanza caldo persino quando c'era la neve. La mamma, come si usava all'epoca, l'aveva portata con sé il giorno della fiera di San Martino, l'undici novembre, quando le famiglie acquistavano gli abiti, le mercanzie e tutto il necessario per affrontare la stagione invernale. La fiera stagionale, l'altra era ad aprile, durava due giorni ed era l'unica occasione per stipulare contratti di compravendita di merci e bestiame. La mamma presa anche da altre cose, le aveva dato la possibilità di scegliersi il cappotto.

Mentre sbirciava tra gli indumenti appesi alle grucce dentro il tendone affollato dell'ambulante notò, nella parte dell'abbigliamento giovanile, l'impermeabile color senape e disse di volere proprio quello, senza guardare altro. "Ma sei sicura? - proferì la mamma - è un impermeabile e non va bene per l'inverno, ci vuole il cappotto". Insistette ma non riuscì ad imporsi. Guardò il capo, glielo fece provare, vide che c'era una specie di imbottitura interna, si rincuorò in un certo senso e glielo acquistò ma con tanta titubanza.

La ragazzina tornò a casa soddisfatta della spesa e aspettò il freddo per poterlo indossare. L'impermeabile giallo senape era sì bello ma, come volevasi dimostrare, decisamente leggero però lei, per orgoglio non si lamentò mai del freddo pungente, anzi, ostentava la leggerezza di quel capo di abbigliamento veramente poco adatto alle intemperie invernali. Tornava da scuola intirizzita e correva a riscaldarsi vicino alla cucina economica dove bolliva la pentola della pasta, il sugo, le mele al forno e attendeva il momento in cui, dopo che la mamma aveva finito di cucinare, il papà apriva lo sportellino delle braci e con una paletta di ferro ne prendeva per alimentare il braciere di ottone posto dentro la forma di legno che fungeva anche da appoggio.

Finalmente si poteva riscaldare i piedi come voleva lei e dopo il pranzo lo accostava sotto il tavolo dove si fermava a fare i compiti. Di tanto in tanto attizzava le braci con una palettina di ferro che un vicino di casa aveva forgiato per lei quando era piccola, incidendo le lettere iniziali del suo nome e cognome. Le braci, dopo averle ravvivate, le rendeva odorose buttandoci sopra scorzette d'arancia o zollette di zucchero che prendeva direttamente dallo stipo alle sue spalle. Il momento più bello veniva quando si sentiva l'odore di bruciato sotto la suola delle scarpe che solo per caso, non avevano mai preso fuoco, facendole fare la fine di Pinocchio. Però a furia di appoggiare i piedi freddi e gelati sui bordi del braciere, le erano venuti i geloni. Antipaticissimi geloni responsabili di quegli attacchi incontenibili di prurito che non riusciva a controllare né a curare. Tutte le raccomandazioni della madre erano inutili, si ostinava a usare le calze di nailon come le ragazze più grandi.

Che strano, quando si è piccoli e adolescenti, grande è la voglia di crescere e anticipare i tempi. Come quando di nascosto si chiudeva in camera e camminava sui tacchi a spillo della mamma. I tacchi a spillo erano il mito dell'infanzia. Ora lei era un'adolescente e non vedeva l'ora di diventare donna. Ecco il motivo per cui guardava tutte le cose sognando di essere grande. Però. Il però erano quegli antipatici geloni che la rendevano impacciata e la facevano soffrire.

Una sera di tardo inverno avvenne il miracolo. Era passato a salutare la sua famiglia un signore anziano, distinto, noto in paese per le sue facoltà farmacologiche mutuate dalla tradizione popolare, attraverso la composizione di erbe, bulbi, fiori, radici e quant'altro presente in natura. Zio Costantino, lo chiavano così anche i grandi per un'antica forma di rispetto, si accorse che la ragazza seduta attorno al tavolo davanti a una pila di libri, invece di studiare, pensava, meditava e di tanto in tanto dirigeva la mano verso le punte dei piedi. Volle sapere il perché di quello stato di cose e, saputo dei geloni, la tranquillizzò dicendole che aveva un rimedio ad hoc e che il giorno dopo alla stessa ora, sarebbe ritornato con un tubero miracoloso che ben sfregato nelle parti interessate, l'avrebbe guarita per sempre.

Come promesso il giorno dopo il vecchio tornò con un bulbo di ciclamini selvatici preso nel bosco, vero toccasana che la guarì veramente. L'intramontabile impermeabile giallo senape, non c'entrava nulla con i geloni però ora le risultava ancora più interessante. Il colletto alzato e il punto vita stretto le conferivano l'aria della signorinella che si apprestava a diventare e freddo a parte, era veramente un capo di buon gusto. "Ottima scelta", guardandosi allo specchio, diceva tra sé, compiaciuta.

PASSATO E PRESENTE

MARINE (VOLONTARIO IN VIETNAM)

Quella volta ne ebbi di santa ragione. Mia madre mi diede tante botte, me le diede dietro le gambe con la scopa piccola del focolare, quella fatta di paglia e saggina intrecciata e che veniva usata per pulire il ripiano del camino. Me le dava dietro le gambe perché diceva, "ti fanno meno male!". Era il cuore di mamma che prevaleva sulle regole ferree che riguardavano la punizione da infliggere a un figlio che avesse disubbidito o sbagliato in qualcosa.

L'errore in quella circostanza aveva nome e cognome e corrispondeva ad un ragazzo biondo, carino, con un ciuffo sbarazzino e la fama di latin lover. A mia madre era stato detto che il latin lover era con me e con le compagne della prima media quella mattina del 13 dicembre, il giorno di Santa Lucia.

A scuola c'era stato lo sciopero organizzato dagli studenti in segno di protesta per i termosifoni spenti, nonostante ci fosse già la neve. Invece di partecipare al corteo, con alcune ragazze decidemmo di tornare a casa, naturalmente a piedi. Non ci sarebbe stato nulla di

52

strano, tornare a casa da scuola con i compagni ma il fatto era che noi andavamo a scuola in un altro paese. Ci sembrava una passeggiata, invece fu un ritorno lungo e faticoso che però fece di noi delle eroine. Era quello che volevamo, fare una cavolata per essere al centro dell'attenzione.

Nell'organizzare la nostra avventura, non avevamo fatto i conti con lo studente più invidiato del paese per il fatto che era un leader e riusciva a polarizzare su di sé l'attenzione delle ragazze. Ai nostri genitori era stato riferito che avrebbe deciso lui quell'avventura e trovare l'occasione per approfondire l'amicizia o flirtare con una di noi. Mia madre fu la prima ad essere informata, per questo la trovai che mi aspettava davanti casa, su tutte le furie.

In misura diversa anche le altre mamme ne erano venute a conoscenza. Invece era stata raccontata una bugia. Giannino, era questo il diminutivo con cui si faceva chiamare, non c'entrava nulla e non poteva sapere della nostra iniziativa. Non lo avevamo più visto negli ultimi tempi, infatti, per raggiungere la sua scuola viaggiava con un altro pullman. Noi però, io in modo particolare, prendemmo le botte per davvero e per causa sua.

Chissà quante ragazze e poi donne avranno pianto almeno una volta nella vita, per questo ragazzo poliedrico, dalla vivacità impressionante e dal carattere ilare? Era fantasioso nel modo di essere, era allegro e vivace, sembrava che vivesse in un mondo suo tutto particolare e senza regole.

Fece scalpore la notizia giunta in paese qualche anno dopo quando, raggiunta sua madre negli Stati Uniti d'America dove la donna aveva emigrato per consentire una vita decorosa ai suoi due figli, si disse che si era arruolato nei Marines ed era partito volontario in Vietnam. L'informazione fece il giro delle case destando scalpore e tutti la commentavano associandola al carattere del ragazzo e palesando un forte sentimento di comprensione verso la madre. "Povera donna - dicevano - quanto è stata sfortunata, prima il lutto, poi l'emigrazione, ora un figlio, il più piccolo, il cuore di mamma, volontario in una guerra spietata per la causa di un paese straniero, con un destino già segnato".

"Ora ci vediamo ogni tanto con i fratelli del Vietnam" - mi scrisse in un mail - eravamo in 22, siamo rimasti in sei ...." Sono il racconto di un superstite....

Si il giovane marine oggi è un veterano, è tornato vivo da quella guerra di egoismi, di fuochi amici incrociati che hanno mietuto migliaia di vittime. "Forse i morti sono stati i più fortunati - mi raccontò un giorno - gli altri, poveracci, sarebbe meglio non parlarne stendendo un velo pietoso sulle miserie del capitalismo americano" continuò. L'ex marine non ama parlare molto del suo passato. "E' presto - dice - non posso, deve passare altro tempo".

Dopo 40 anni è tornato in paese, ricercando le radici e i ricordi di quello che lui era allora. A volte dopo una vita già consumata e vissuta, viene la voglia di ricominciare da dove si è partiti. Lo incontrai in occasione dell'inaugurazione di una mostra di quadri nell'edificio della scuola elementare al mio paese. Era con il sindaco ed altri amici. Si sentiva fuori luogo, vestiva all'americana e i vecchi compagni scherzando glielo facevano notare. Anche per me furono una sorpresa i suoi pantaloncini corti, la camicia a fiori, i mocassini chiari. Si rifugiò da me e con circospezione mi chiese un parere sull'abbigliamento: "mi dicono che sono ridicolo perché non vesto conforme!" "Scherzano, risposi - stai benissimo".

Il nostro incontro venne immortalato con una foto che non ritrovo. Qualche giorno dopo mi cercò. Dopo l'inaugurazione andai via subito dal luogo della mostra, dovevo raggiungere mio marito che mi aspettava altrove. Venne a casa, trascorremmo un paio di ore in salotto, prendemmo un caffè e parlammo di tante cose, delle nostre vite da allora.

Noi eravamo stati solo amici, lui invece era il fidanzatino della mia migliore amica, in contemporanea con altre, ovviamente. Mi chiese di lei, volle sapere vita, morte e miracoli, come si suole dire, di quella brunetta carina per la quale aveva provato una vera emozione. "Con lei non era come con le altre.

L'adoravo"- mi disse tradendo l'emozione.

GELATO AL PISTACCHIO

Prendevano due coni, sceglievano il formato più piccolo, ma erano sempre enormi, uno era con la panna Li mangiavano in macchina dicendosi le cose mentre fuori era freddo gelido.

"Ma che succede, si è fatta male? Su, si alzi, si appoggi, chiamiamo un dottore" . "E' caduta all'improvviso- dicevano- avrà avuto un malore". " No, non è niente, datemi il tempo di rialzarmi, non mi sono fatta nulla, sto bene". Aveva risposto così, con un filo di voce, cercando di richiamare l'attenzione delle persone che erano accorse nel vederla cadere. Era giù, con la faccia a terra ma distingueva le voci concitate, vedeva i piedi nudi velati di sabbia, le unghie laccate, gli infradito, le gambe abbronzate e sentiva i lembi dei pareo colorati che le volteggiavano sulla schiena, sfiorandola.

Si trovava sulla terrazza del lido balneare. Era arrivata un attimo prima per bere un caffè e comprare dei gelati ma il capogiro non le aveva dato nemmeno il tempo di entrare al bar e l'aveva fatta cadere a terra senza pietà. Si vergognava da morire, le era già capitato altre volte di perdere l'equilibrio. All'improvviso cominciava a vacillare e se non era accorta a trovare un appiglio, finiva a terra come un sacco di patate.

Si vergognava perché aveva difficoltà a rialzarsi a causa di quei maledetti chili di troppo che rendevano il suo corpo impacciato.

Quel pomeriggio si spaventò più del solito. " Dio mio- pensò mentre andava giù- Dio mio, questa volta è finita". Temeva di essersi fatta veramente male. Si vedeva già all'ospedale ad aspettare il turno interminabile nella sala dei gessi. " Non sia mai", disse tra sé e sé in quell'attimo disgraziato. Era arrivata in quella località nella tarda mattinata, aveva deciso di fermarsi per tutto il fine settimana, l'indomani era il suo compleanno e desiderava festeggiarlo con lui.

Gli aveva telefonato poco prima trovandolo gentile e premuroso. "Sei qui, ma che bello! - le aveva detto- Sono felice di sentirti, ti raggiungo appena posso". Pensò cosa offrirgli, un buon gelato sarebbe stato sicuramente gradito però doveva essere di gusto. Pensava alla fragranza del cioccolato, al sapore della vaniglia, alla freschezza del limone, alla densità della crema e del fior di latte e infine al pistacchio. Il gelato al pistacchio era la sua passione per il colore, per il sapore e perché no, per i ricordi.

Una sera di tanti anni addietro, erano usciti insieme lei e il suo fidanzato di allora per mangiare un gelato andando a passeggio in macchina. Si erano fermati davanti ad una gelateria e si era offerta di comprare il gelato per tutti e due. Il fidanzato non aveva preferenze in merito al gusto ad eccezione del pistacchio che precisò di non gradire. Come non detto, alcuni minuti dopo tornò in macchina brandendo due enormi coni al pistacchio. Incredulo, pensando che lo avesse fatto apposta per fargli un dispetto, con fare contrariato, gettò il gelato. Lei si scusò, si era confusa e chiarito l'equivoco, risero tanto per quella distrazione, che poi non era l'unica e vi ridevano ogni volta che uscivano per andare a mangiare un gelato. Per quella sera avrebbe comprato, tra gli altri gusti, anche il pistacchio.

Finalmente rialzatasi, dopo la caduta, entrò nel bar si avvicinò al banco, cercando di ricomporsi e darsi un tono e immaginò cose che poi sarebbero effettivamente accadute.

Nell'inverno successivo, infatti, la domenica pomeriggio andavano a prendere un gelato. La scelta era imbarazzante ma era bellissimo! Prendevano due coni, sceglievano il formato più piccolo, ma erano sempre enormi, uno era con la panna. Li mangiavano in macchina, dicendosi le cose mentre fuori era freddo gelido.

Tornò a casa, si sentiva un po' indolenzita, le facevano male le mani. Era caduta sulle mani, aveva i palmi arrossati. Vide le escoriazioni sulle ginocchia, presto sarebbero comparsi i lividi, ma non faceva nulla, era felice, felice fino al tramontar del sole. "Si è fatto tardi", le disse guardando l'orologio. Veramente l'orologio l'aveva guardato più volte. Si era dato un tempo, fino all'imbrunire. Con il fiato sospeso gli chiese di fermarsi ancora qualche minuto, propose di volergli offrire un gelato e tirò fuori dal frigo i coni del pomeriggio. Solo per farle piacere ne prese uno, uno qualsiasi, lo scartò e senza gustarlo, quasi lo divorò "E' ottimo, grazie, brava", disse accingendosi ad andare, più veloce della luce.

Lo accompagnò alla porta, sulle punte dei piedi gli si accostò. "Domani è il mio compleanno, vorrei festeggiarlo con te", gli ricordò timidamente. "E' vero, scusami, tanti auguri", proferì e dopo averle dato un bacio distratto si accomiatò.

Sul tavolo della cucina era rimasto il vassoio con i gelati, vide che si stavano afflosciando. Ne prese uno, ripose gli altri e si sedette. Ora sentiva i postumi della caduta; lo scartò, era un cono al pistacchio, non lo aveva scelto, era capitato quello. La granella che lo ricopriva era diventata molle, cercò di assaporarlo ma la sua mente divagò. Ripensò alla prima volta che aveva mangiato i pistacchi. Bei tempi lontani! Glieli aveva regalati un ragazzo palestinese dalla pelle olivastra. Erano andati a prenderlo alla stazione lei e il suo fidanzato. Non lo conosceva personalmente però di lui sapeva che aveva vissuto la tragedia dei territori occupati.

"Siamo stati scacciati dalle nostre case, così all'improvviso, dall'oggi al domani, abbiamo perso tutto, i sacrifici di una vita dei nostri genitori, tutto a rotoli!" -raccontò una volta, emozionato e con gli occhi lontani. Lo rivide tanti anni dopo, era arrivato inaspettato, portava una corbeille di fiori e li adagiava tremolante attorno al feretro lì nella casa del paese. In un primo momento non lo riconobbe, poi un lampo accese il suo pensiero. Intravide nelle fattezze dello sconosciuto i tratti del ragazzo dei pistacchi.

Il dolore si accentuò, capì che era venuto apposta da molto lontano per rivedere per l'ultima volta un amico. Era ripartito al volo e stringendola al petto le aveva fatto scivolare nelle mani una busta bianca, conteneva una lettera di parole non dette da quel lontano passato.

Era venuto in Italia per studiare e poi tornare al suo Paese con l'ansia del riscatto, non della vendetta che pure albergava nella mente. Quella sera di tanti anni prima, quando era ancora giovane studente, fu accolto alla fermata del treno con una gioia inaspettata.

Lo ospitarono nella casa dei genitori del suo ragazzo. Aprì la sua valigia, tirò fuori dei regalini, un piccolo pensiero per tutti.

Per lei non aveva niente, non sapeva né immaginava di incontrare la ragazza del suo migliore amico. Infilò le mani nella tasca della giacca, ricordò all'improvviso di avere qualcosa.

C'era un sacchettino, lo prese e quasi scusandosi, glielo porse con garbo, era trasparente e conteneva i pistacchi del suo paese. Avevano lo stesso colore del gelato che in quel momento portava alla bocca e che aveva uno strano sapore. Sapeva di sale, il sale delle lacrime che scivolavano sulle guance.

Con il dorso delle mani appiccicose per via del cono quasi liquefatto, cercò di asciugarsi gli occhi ma di fatto, si impiastricciò mentre il pensiero tornava indietro allo stesso giorno di tanti anni avanti. Che coincidenza, aveva pianto anche allora. Di gioia, però.

AMORE CHE VAI

NOTTE D'ESTATE

Le era venuta una voglia matta di farsi accarezzare, risentire sul corpo il calore delle sue mani.

Erano saliti nella camera odorosa di erbe e di fiori di campo, precisamente nella stessa dove per la prima volta avevano fatto l'amore. Era molto emozionata da quel ricordo perché quella prima volta era stata bella veramente. Aveva pensato a quella prima volta come a un piacevole preludio. Non era stato così, però quando ci pensava le tornavano in mente quei momenti delicati, quel modo meraviglioso di stare insieme per amarsi e conoscersi profondamente svelando i segreti dell'anima.

Esattamente un anno dopo, erano capitati nello stesso luogo. Veramente non proprio per caso perché lei aveva trovato una scusa e inventata una piccola strategia per riportarlo in quel luogo incantato immaginando di poter tornare indietro nel tempo. Ora si sentiva meno impacciata, era più esperta e aveva meno remore. Le era venuta una voglia matta di farsi accarezzare, risentire sul corpo il calore delle sue mani. Avrebbe voluto sfiorarlo con le labbra, baciarlo molto teneramente, lasciandosi andare. Nonostante si mostrasse distaccato e quasi indifferente, notò che aveva percepito il suo desiderio e toccandola quasi accidentalmente, l'aveva stretta a sé. Le aveva baciato la fronte e scompigliato i capelli, accompagnando il gesto con impercettibili parole di tenerezza.

Fu un attimo, tornarono subito sui loro passi. Si erano conosciuti, frequentati, amati, poi i loro destini avevano preso strade diverse. Ma si sa, se un sogno ti attraversa la vita, questo sogno si trasforma in fuoco e ti brucia l'anima per sempre. L'amplesso fu dolce, armonioso e nello stesso tempo intenso.

Dopo quella sera, nei giorni successivi camminando, avvertiva gli umori che le bruciavano dentro e un pomeriggio, ripensando a quello che non sarebbe mai più stato, l'avvolse la sensazione del profumo di erba e di fiori di campo. Risentì il fremito che le provocavano quelle mani grandi e le carezze e gli aliti freschi del vento di brezza che si levava dal mare. In quella notte d'estate, lembi di cielo stellato avevano illuminato il buio della stanza e le melodie in lontananza erano accordi di onde sulla spiaggia.

Ritrovandosi, i loro corpi si erano sfiorati al ritmo dei passi di danza a cui non avevano resistito quel giorno al concerto. A piedi nudi sul greto del fiume, avevano ballato il tango. E nelle volute dei passi di danza, aveva sentito, d'improvviso, il suo corpo irrigidirsi senza una ragione apparente.

Erano i sintomi della gelosia che compariva per ossessionarla. Fra qualche giorno sarebbe andato via per sempre dall'altra.

Era rimasta una spina nello stelo della rosa rossa. Avrebbe voluto che si tramutasse in pugnale da conficcare nel petto e morire. Invece era lì, seduta sugli scogli ad ascoltare il mare, camminare per le stradine strette, muovere i piedi sul selciato, come quella volta, stringendosi per mano, scrutare l'orizzonte e vederlo ritornare.

Nelle mani serrava lo stelo di una rosa e senza volerlo la portava nella bocca. La teneva tra le labbra e come una volta si inebriava nella follia del tango.

BIKINI ROSSO

Lo immaginava in un'altra spiaggia, in quella stessa ora con una donna sottile dal bikini rosso.

Gli aveva dato un tempo lungo. "Fino a venerdì, no fino a sabato, dai facciamo fino a domenica. Lo aspetterò per una settimana – diceva tra sé e sé – se non si fa vivo, non vorrò vederlo mai più".

Sulla spiaggia quel pomeriggio, guardava il mare con lo sguardo spento, era tutta concentrata a sentire se mai vibrasse il cellulare. Poteva essergli accaduto qualcosa, pensava, o più semplicemente quel silenzio poteva essere interpretato come un suo star bene con la persona che diceva di amare.

Ogni vibrazione del cellulare era un sussulto. A volte lo lasciava squillare più a lungo per diradare la delusione. Lo immaginava in un'altra spiaggia, in quella stessa ora con una donna sottile dal bikini rosso. Chissà perché le era venuto di pensare ad un succinto bikini rosso. Guardava il suo costume da bagno. Non era succinto, non era rosso e soprattutto non era bikini. D'altra parte lei il bikini invisibile, come si usa ora, non lo avrebbe mai indossato, per tanti motivi. Per lei il corpo femminile doveva essere sodo e sinuoso per poter essere bello e soprattutto non andava mai ostentato. Ripensava ai canoni estetici degli scultori classici che scolpivano corpi femminili esaltandone la flessuosità. Le donne magrissime, non quelle di costituzione fisica ma quelle che non mangiano per mantenersi snelle, secondo lei dovevano essere pessime.

Le venne in mente una persona con la quale aveva avuto a che fare. Una certa Angela, mezza anoressica, indossava anche lei dei piccoli pezzetti di stoffa rossastra sorretti da un cordoncino infilato tra le natiche. Adulava il marito fiero di quel corpo, ma quando non c'era, andava scodinzolando come una cagna ovunque ci fossero degli uomini. Molto spesso si aggirava nei pressi del loro ombrellone esibendo le chiappe.

Una breve divagazione e subito il pensiero tornava a lui. Aveva sentito dire che alla sua fiamma non piaceva la sabbia ed aveva ragione. La sabbia ti si appiccica addosso, ti entra ovunque e quel giorno, sotto quel sole cocente era fastidiosa alquanto. E poi era una questione di gusto e di abitudini.

Tanti anni prima andavano al mare sulla scogliera, cercavano un anfratto. Il ragazzo che era con lei si gettava nell'acqua e a nuoto cercava la parete giusta, poi vi si arrampicava per scalfirla e prendere i datteri infilati nella roccia. Lei lo aspettava e specchiandosi nell'acqua cristallina ammirava il fondale e le ombre che vi si riflettevano. Una volta venne aggredita da una nuvola di coccinelle, non vedeva niente, gridò a squarciagola cercando di liberarsi con il movimento delle mani da quello sciame che l'aveva intrappolata. Il ragazzo di scatto sbucò dall'acqua, si diresse verso di lei e l'attirò a se per proteggerla dopo averle coperto il volto con il telo del mare. Rimasero entrambi avvolti da quella nube di insetti fastidiosi che diradandosi li lasciò abbracciati. Le coccinelle le avevano portato fortuna e quel ragazzo le aveva insegnato ad amare.

Non era stato un fuoco fatuo quello che all'improvviso le si era parato davanti un giorno di tanti anni dopo. Magari lo fosse stato! Si sarebbe spento presto e dopo una parentesi sarebbe tornata in sé, riprendendo la vita di sempre. Invece era lì che si crogiolava sulla sabbia rovente mentre un macigno di emozioni le bloccava la bocca dello stomaco e le tratteneva il respiro.

Non aveva mai provato un dolore fisico così forte in vita sua, doveva trovare un modo per non rimanere in trappola, ce la doveva fare.

In fondo lei si arrovellava il cervello inutilmente, sapeva quanto si fosse invaghito di un corpo per troppo tempo trascurato e che si offriva alla vista disteso al sole, lambito dalle onde che bagnandolo lo imperlavano di goccioline minuscole facendo risaltare la carnagione bronzea e la luce del tramonto tra i capelli.

Dio, ora all'improvviso, le stava venendo da ridere. Le sembrava di vederlo smanettare con il cellullare. "Chissà se le ha fotografato il culo?"- si chiese. Sapeva quanto gli piacevano i culi!

Quelli sodi e vellutati delle ragazze, appena coperti o imprigionati dentro un paio di pantaloni attillati. Già il culo, perché no, alcune volte, quando era molto arrabbiata, ci aveva pensato.

Alla fine, poteva essere veramente una metafora per la risoluzione di tutti i suoi problemi.

DOMENICA

"Domani deve essere una bella giornata - disse dirigendo lo sguardo al medesimo spettacolo che gli si parava contro -quei bagliori rossastri dietro le nuvole e il giallo oro che si espande nel cielo, sono un buon presagio".

"La prossima domenica la trascorreremo insieme." Glielo aveva detto per rincuorarla perché per lei quel settimo giorno della settimana era stato ed era sempre maledettamente triste. Si alzava al mattino con un peso addosso che la sovrastava e quelle ore infinite non passavano mai. Aveva mantenuto la promessa, era passato a prenderla nel tardo pomeriggio con la sua automobile fiammante dagli interni eleganti e con gli immacolati tappetini bianchi. Sulle prime avevano pensato di dirigersi in collina per poi fermarsi a mangiare qualcosa insieme. Invece poi cambiarono idea e girarono per la tangenziale verso la litoranea. Per la verità si sentiva un po' strana, aveva un leggero mal di testa ma stava lì tranquilla e conversando guardava il gioco di luci ed ombre nel cielo a quell'ora del tramonto e che sembrava gli venisse incontro dalla direzione opposta della carreggiata.

Erano la fotografia del suo stato d'animo in quel momento della sera. " Domani deve essere una bella giornata- disse lui, dirigendo lo sguardo al medesimo spettacolo che gli si parava contro- quei bagliori rossastri dietro le nuvole e il giallo oro che si espande nel cielo, sono un buon presagio". D'improvviso lo squillo del telefonino lo interruppe, lo guardò, lesse sul display, quasi sbiancò e alla prima piazzola si fermò per richiamare mentre le macchine sfrecciavano roboanti. Quel posto poteva essere molto pericoloso, però lui doveva rispondere a quella telefonata a tutti i costi, senza indugiare. Cosa ci fosse di estremamente urgente non lo aveva capito era certa però che si trattava di qualcosa di molto importante. "Quanto è pericolosa questa strada", le disse rientrando in macchina. La conversazione era stata breve. "Ti richiamo fra poco" , gli aveva detto chi era dall'altra parte, incastrandolo e lui non era sereno. Si era messo in attesa di quella chiamata che però non arrivava. Che bella domenica! "Richiama tu" gli disse guardando il suo volto incerto e soprattutto convinta, visto l'improvviso disagio, che la persona in causa fosse l'altra. " Che strana storia"! pensò. Il loro rapporto era fatto di poche ore di incontri e quasi sempre condizionati dalla fretta. "Ci vediamo, non ci vediamo, poi vediamo, se sono libero sì, ecco, forse". Tanti tentennamenti e poi, finalmente! "Ti aspetto al solito posto"- aggiungeva avendo capito che lei ci rimaneva male. " Dai fermati ancora, qualche minuto, non mi lasciare così". Lo supplicava quasi di non lasciarla sola così presto la sera. Era un incalzare continuo di preghiere talvolta inutili perché lui raggiungeva la sua automobile e molto probabilmente correva dall'altra. Prima, quando l'altra non c'era, era diverso. Lui era tenero e gentile e sapeva amare in una maniera da non dire. Alle prime luci dell'alba la cercava sotto le coperte. Certo che in fatto di letto la sapeva lunga, non per caso era stato un seduttore e forse ancora lo era. " Mi piace corteggiare le donne giovani, accarezzare i seni, le natiche, mi piace possederle in tutti i sensi", proferiva senza remore per farla ingelosire ma lei non era gelosa per questo, invece dell'altra era gelosa da morire. " Ci amiamo, ci cerchiamo e stiamo bene insieme" le aveva confessato una volta, con spudoratezza, per farle male, ma lei non gli aveva creduto. Avevano litigato e lui la voleva ferire. "Le cose che dice non corrispondono con quelle che fa", pensava nella sua mente illudendosi e per questo non aveva voluto ascoltare i consigli della sua migliore amica e confidente. "Ora tocca a te gestire questo stato di cose, il mio consiglio è di lasciarlo andare". "Tronchi questo rapporto- le aveva detto la sua analista- non lo deve più cercare per nessuna cosa al mondo. Per come stanno le cose, lui ha fatto la sua scelta di vita e lei dovrà essere sempre nell'ombra". Era andata da una psicoterapeuta con l'intenzione di alleggerire la sua anima liberandosi da un peso che la stava devastando. Ora odiava l'analista per quel consiglio saggio che poi era l'unica cosa che si potesse fare.

CON LA NEVE PER TERRA

Accomiatandosi, all'imbrunire, l'aveva stretta a sé, le aveva accarezzato il viso, i seni e poi, sotto il vestito, delicatamente.

Quanta neve quell'anno! Era stata una nevicata lunga. Da oltre una settimana una cortina di velo bianco scendeva giù dal cielo e si posava adagio, strato su strato, coprendo ogni cosa. Certo uno spettacolo meraviglioso, specialmente la sera con le luci dei lampioni dell'illuminazione pubblica che si irradiavano dentro l'ordito intessendolo di fili d'oro. Come lance di cristallo, le stalagmiti di giaccio pendevano dalle grondaie, dai fili della luce, dai davanzali delle finestre, dai tetti. Le piaceva molto quello scenario che la natura offriva di sé, compiendo un'opera d'arte di pregio e ogni volta diversa. Guardando fuori e ammirando tanta bellezza, immaginava i disagi dei giorni successivi quando, a fine spettacolo, si doveva tornare al lavoro, alle incombenze e alla vita di sempre. Però ora non ci voleva pensare, mai come prima, sembrava che tutta quella meraviglia, qualcuno l'aveva voluto organizzare solo per lei, per farle piacere, esponendolo alla sua vista

70

dalle grandi vetrate della casa. Ma le sorprese non erano finite perché proprio uno di quei giorni , sapendo della magia della natura che gli aveva raccontato al telefono, lui si era messo in viaggio ed era andato a trovarla con la neve per terra, facendole una sorpresa molto gradita. Nel tepore della casa, seduti sul divano azzurro di fronte alla vetrata, guardando il cielo, parlarono di tante cose e il loro dire era sereno, delicato, era come un fruscio di passi felpati, uno scambio di segreti e confidenze. All'imbrunire andando via, sul pianerottolo l' aveva stretta a se', le aveva accarezzato il viso, i seni e poi, sotto il vestito, delicatamente. Sorpresa dall'ardire, si era rifugiata in camera con il volto in fiamme. Era confusa e preoccupata, aveva percepito che quei modi di fare potevano essere pericolosi, il suo corpo, come mai prima, aveva avvertito emozioni palpabili. La prima volta avevano fatto l'amore, in fretta in un posto qualsiasi, pervasi dall'ansia. La seconda, invece, avevano scelto un letto comodo, bello, elegante. Era successo una sera e lui il giorno avanti era stato con l'altra, ma lei non lo sapeva ancora. Le lenzuola bianche, nitide di filo di fiandra erano state ricamate a mano e recavano le cifre di famiglia. I merletti arricchivano i guanciali poggiati sul letto. Avevano dormito abbracciati ritrovandosi l'indomani al cospetto dei tenui raggi del sole tra le fessure delle persiane accostate. " E' stato bello – le aveva sussurrato mentre facevano colazione- poi stasera andiamo al mare- le disse con dolcezza . La sera non si videro, non andarono né al mare né altrove. Le telefonò con una scusa e lei ci rimase molto male. Non si era sbagliata, quella volta quando era andato a trovarla con la neve per terra. Benché presa da una forte emozione ne aveva percepito l'indole. Era un autentico figlio di puttana ed ora ne aveva le prove.

ALLE TRE DEL POMERIGGIO

Uscì dallo studio volando e dirigendosi verso la macchina pensò di avere commesso un errore.

Si era presentata in quello studio alle tre del pomeriggio. Veramente era arrivata un'ora prima, aveva parcheggiato l'automobile e poi era andata a distendersi su una panchina di legno in mezzo ad un parco di ulivi. Poco distante una fonte zampillante acqua sorgiva le dava una bella sensazione di benessere. Pensava a quell'incontro che immaginava potesse risolvere i suoi problemi. Scacciare lui dal suo cuore e dalla mente. E mentre si preparava psicologicamente, il suo pensiero vagava qua e là, alla ricerca di motivi che l'avrebbero dovuta aiutare a rinnegarlo per sempre. I fatti erano tanti ma nessuno era realmente valido, neanche il pensiero dell'altra rappresentava un buon movente. Dopo aver raccontato per filo e per segno la sua condizione e lo stato d'animo, subito si pentì, convinta di aver dato in pasto ad una terza persona i suoi segreti. Sul più bello della confessione fu stoppata dall'analista che vedendola molto fragile emotivamente le propose una serie di appuntamenti per fare diagnosi individuando la terapia giusta adeguata al suo caso. " Bene- disse- ci penserò, poi la chiamerò per confermare o disdire". Uscì dallo studio volando e dirigendosi verso la macchina pensò di avere commesso un errore. La sera gli raccontò l'avventura: " ho pagato tanti soldi per cercare una terapia che possa toglierti dal mio cuore". Risero tanto per questo e ogni volta tornavano sull'argomento convinti che comunque un lavoro terapeutico su una personalità complessa ed esageratamente coinvolta, fosse naturalmente necessaria. Quindi aveva ragione la rubiconda dottoressa bruna che l'aveva accolta con un sorriso smagliante sulla soglia della stanza adibita a studio nel pianerottolo di un enorme palazzo lì in periferia. Aveva un diamantino di circa un trentesimo di carato al collo e uno della stessa caratura al dito. Evidentemente quella dell'analista è una professione che rende pensò tra se toccando con le mani la sottile catenina che aveva al collo e dalla quale pendeva un puntino di luce. Era un modo per allontanare i pensieri. Era andata dall'analista per fare una cosa che non voleva fare.

AL TELEFONO

Sembrano formare una coppia regolare ma lui è avanti negli anni e lei fa del tutto per rimarcare la differenza.

Si sentivano spesso al telefono, specialmente la sera. Conducevano vite diverse e per motivi di lavoro erano spesso distanti, forse per questo ciascuno si era organizzato alquanto autonomamente. Lui un po' meno, nel senso che pendeva dalle labbra di lei perché c'erano in mezzo tante cose. L'amore sicuramente era un sentimento che non aveva nulla a che fare con la loro storia. Rispettavano i patti solo quelli apparenti ma dentro di loro covava qualcosa che li aveva esacerbati. Fingevano di stare bene come tutte le coppie che in alcuni periodi dell'anno convivono per comodità. E poi c'erano gli interessi economici. C'era in gioco una forte somma di denaro da condividere insieme ad altri beni. L'altra frequentava un altro uomo, presumibilmente. "Be', una donna di casa con le unghie lunghe, sempre perfettamente curate e laccate, con i pantaloni attillati che le aderiscono come i collant, ditemi voi se è normale- disse un giorno una conoscente - I capelli biondi e lunghi da fatalona, il viso restaurato con chili di cerone per nascondere le rughe. Una donna che si cura così tanto esageratamente non lo fa certo per suo marito o per se stessa, ma per favore, lo fa perché avrà sicuramente qualcuno a cui piacere, magari un amante-continuò imperterrita - c'è un decalogo che spiega come capire se un uomo e una donna tradisce e tra i punti ci sono queste cose che ho descritto. E poi - insinuò maliziosamente - è una che la sa lunga. Esce la sera all'imbrunire e rientra a tarda ora, ma una donna sola così, dove va? Poi ogni tanto compare lui con gli infradito e i pantaloncini corti e vanno insieme al mare. Sembrano formare una coppia regolare ma lui è avanti negli anni e lei fa del tutto per rimarcare la differenza". Roso da tanto bisbigliare, una sera piombò in casa senza preavviso. Non c'era. Rientrò dopo la mezzanotte farfugliando una scusa. Gli disse che era andata a fare un saggio con la scuola di ballo che frequentava. Gli venne un dubbio ma finse di crederle, come faceva sempre. Aveva notato che la borsa con le scarpe e la tenuta del ballo non era stata rimossa dall'armadio. Lo aveva aperto appena arrivato, per riporre alcune cose e aveva spostato quella borsa per fare spazio. Lei capì che in lui c'era qualcosa che non andava. Il ritorno all'improvviso poteva essere una bella sorpresa ma lei che aveva la coda di paglia, non lo percepì così. Ed allora nella notte, dormendogli affianco, gli si avvicinò sotto le coperte, lo accarezzò a lungo dove a lui piaceva, poi lì lo baciò. Si cercarono a lungo e si lasciarono andare in quel gioco di sensi come tantissimi anni prima, quando si erano conosciuti. Si svegliarono tardi e lui, gentile preparò la colazione per due. I dubbi si dissiparono coi sogni e nella mente rimase il ricordo di quel piacere inaspettato, per la prima volta gli si era data da amante. Il rischio di perderlo era troppo grande ed allora aveva voluto mettersi al sicuro sfoderando le sue abilità seduttorie. La sapeva lunga, aveva ragione la sua conoscente che aveva voluto dire molto poco ma di quella donna sapeva molte, tante cose. Erano solo voci di corridoio quelle che si rincorrevano dove lavorava. Era sempre dal capo e usciva dalla stanza ogni volta con lo sguardo altrove. Sembrava in estasi. Lui la corteggiava, questo era risaputo, era uno che con le donne ci sapeva fare. Un giorno tornando a casa per una licenza, notò subito che non c'era. Attese a lungo e poi aprì l'armadio, la borsa non era più lì ma nemmeno i vestiti. L'anta era vuota. Quella volta se ne era andata per sempre.

CARME IMENEO

Si diressero verso il mare e tolte le scarpe scesero sulla spiaggia. Lei volle raggiungere un anfratto tra le dune per mostrargli un fiore pregiato.

I capelli erano bruni, gli occhi verdi, la pelle abbronzata. Aveva circa 30 anni ma non li dimostrava. Al polso portava un orologio di lusso, vestiva sportivo ma con capi di marca. Era subito simpatico, sapeva conversare parlando di politica ed attualità, non praticava sport. Era pigro ma aveva sempre un momento per gli amici e in particolare per le amiche che frequentava. La sua rosa di amicizie femminili era molto varia perché adulava e corteggiava le sue conquiste in maniera particolare. Aveva diverse amanti e a turno usciva con l'una o con l'altra riuscendo a ben gestire le sue storie. Era un portento, era molto allenato perché di questo aveva riempito gli spazi vuoti del suo tempo. Con Federica passeggiavano mano nella mano, di tanto in tanto si fermavano per ridere poi trovavano un posto accogliente e vi si rifugiavano. Poi lui la cercava altrove con le mani esperte, l'accarezzava pronunciando parole dolci per farla godere. E il piacere di quel corpo nudo offerto al bagliore della luna lo faceva vibrare. Lei, non paga, apriva le gambe accoglienti e si disponeva al rito della congiunzione carnale fino all'appagamento reciproco. In fatto d'amore era veramente uno specialista, un esperto di lunga e provata professione. Federica, aveva un altro motivo però alla fine era rimasta in trappola, si era invaghita di quell'uomo gradevole di bella presenza e maestro nel fare. Aveva sedici anni, ma le amiche la snobbavano perché era ancora vergine. "Non l'hai data - le dicevano - non ci sai fare, ma che ci vuole, con tutti gli uomini affamati che stanno in giro, ma che ci vuole a farsi sverginare. Gliela dai, poi ti fai ricaricare il cellulare ed è fatta, se sei brava ti fai regalare dei soldi e via". Tra le amiche si usava così.

Si cominciava a tredici anni per scherzo, per sentirsi grandi e importanti, per essere libere di fare sesso sempre e con chiunque.

Qualche giorno prima a scuola in palestra, all'ora di ginnastica, Carolina, la più timida della classe, all'improvviso era esplosa di gioia e aveva rivelato alle sue amiche di essere finalmente diventata donna. "L'ho data, l'ho data - aveva gridato come una forsennata - si sabato sera, in discoteca, ho adocchiato uno, mi piaceva. Lui l'ha capito subito, mi ha portata al bagno dei maschi. "Ora tocca a te!" Le avevano detto le amiche con tono accusatorio. Ma lei non rispose, e in cuor suo immaginò l'espressione che avrebbero fatto se le fosse riuscito il colpo, erano perfide e le voleva mortificare, farle morire d'invidia e di livore. Aveva fatto una scommessa con se stessa, una scommessa difficile, diventare donna dando il suo corpo acerbo non a una persona a caso, ma una persona conosciuta, importante a quell'uomo adulto con la fama del latin lover del quale si diceva di tutto e di più, che era bello, ricco, avvenente, famoso. Lo avevano visto e ammirato anche loro le ragazze della sua comitiva, spesso ne parlavano raccontando di lui il sentito dire di storie disparate. Che era divorziato o separato, che era capitano di una nave, che girava il mondo e in città, quando la nave si ancora al porto, faceva strage di belle donne. Forse era vero, forse no. Però la sua fama aveva alimentato la sua fantasia di adolescente.

Pensava di escogitare un piano per conoscerlo e avvicinarlo, ma non ce ne fu bisogno. A volte le cose che desideri tanto, possono accadere quando meno te lo aspetti e veramente e a lei, le si era offerta l'occasione su un piatto d'argento. Era andata con i suoi genitori, una sera, a casa di amici. Si era fatto tardi e dopo la cena si erano fermati a conversare sul terrazzo sorseggiando un amaro.

Federica per la sua giovane età non era interessata alla conversazione e per questo si era allungata sul divano addormentandosi o facendo finta di dormire. Lui la vide così, con le gambe affusolate, adagiata supina con le cosce tornite ed il sedere appena coperto. Era bellissima sembrava scolpita, madre natura l'aveva dotata di un corpo attraente.

Era l'ospite ritardatario, aveva raggiunto la casa degli amici poco dopo lo sbarco, per non essere scortese e solo per un saluto ma quella notte non dormì, non faceva altro che pensare a quel corpo disteso a quei glutei abbronzati, al volto luminoso della ragazza che le era stata presentata e che al suo cospetto rimase ammutolita, quasi intimorita di trovarsi dentro un sogno.

Qualche giorno dopo si incontrarono, lui pensava per caso, lei era scesa giù al porto e si era diretta verso la banchina dove era ormeggiata la nave. Ora non aveva dubbi sull'identità della persona di cui tanto si parlava in città. Si riconobbero e di primo acchito conversarono un po' imbarazzati. La ragazzina aveva un temperamento forte e un atteggiamento provocante. Gli chiese una sigaretta e portata alle labbra, con fare seducente, gli si accostò per farsela accendere.

Rimase un po' sorpreso ma subito gli tornò in mente l'immagine di qualche sera prima, quel corpo bello ed acerbo che lo aveva conturbato, era disteso sul divano lì alla vista degli ospiti. Dopo la sigaretta, intanto, la ragazza gli chiese se aveva tempo per fare due passi.

Lasciarono il porto, si diressero verso il litorale e tolte le scarpe scesero sulla spiaggia. Lei volle raggiungere un anfratto tra le dune - vieni -gli disse - voglio mostrarti un fiore unico e pregiato che fiorisce solo qui".

La seguì sorpreso e pieno di curiosità. Mentre cercavano tra i cespugli, li colse l'imbrunire e il chiarore della luna si fissò nei loro occhi illuminandoli di reciproca luce. All'improvviso si ritrovarono l'uno nelle braccia dell'altro e si cercarono con le labbra avide.

Lei gli sussurrò di volerlo amare e gli si offerse. "Sei bello, odori di maggiorana". La sabbia si colorò di rosso. L'aveva deflorata, non voleva anzi, era l'ultima cosa al mondo che avrebbe voluto fare, cercò di ritrarsi ma lei lo volle dentro di sé fino alla fine.

Da quella volta cominciarono ad incontrarsi con frequenza e con accresciuta voglia di fare l'amore in tutti i modi e con tutti i sensi. La ragazza l'aveva coinvolto con il suo fare esperto, deciso, dolce e insaziabile a un tempo. Godevano come pazzi e in tutte le pose.

Poi una sera lei gli disse a bruciapelo: "sono incinta di te". Lui sbiancò pensando alle conseguenze ma lei lo anticipò.

Gli chiese le nozze. Rimase sconvolto, quella ragazzina conosceva il carme imeneo e quella sera, in quell'anfratto tra le dune aveva pensato al frutto di Dionisio e Venere. Era lei il fiore pregiato. Invitandolo a reciderlo, lo aveva incastrato. Ma lui doveva salpare, doveva continuare il viaggio con la sua nave.

Lo vide partire seduta sulla bitta. Aveva il cuore gonfio d'amore. Ecco lo vedeva allontanarsi e nella mente lo raffigurava dio.

Si Imene figlio di Dionisio ed Afrodite. "giovane, biondo con il capo coronato di fiori, soprattutto di maggiorana, che teneva nella mano destra una torcia, altre volte un flauto e, nella sinistra un velo di colore giallo, colore particolarmente adatto alle cerimonie nuziali. A volte questo dio, coronato di rose, portava un abito bianco e ricamato a fiori; alcuni mitologi gli attribuivano un anello d'oro, un giogo ad ostacoli ai piedi, allegoria resa ancora più trasparente da due torce che hanno soltanto una stessa fiamma.

"Ah Imène, Imenèo, Imenè" ecco iniziava il carme. Lo aveva studiato a memoria. L'indomani l'avrebbe declamato in classe, aveva l'interrogazione di greco.

Nota
Nella mitologia romana, il dio Imene (o Imeneo, figlio di Bacco (Dionisio) e di Venere (Afrodite), presiedeva al matrimonio. Nella mitologia greca è conosciuto sotto il nome di Hymenaios . Alcuni poeti lo consideravano ora figlio di una musa (Clio o Urania) e di Apollo, ora di Dionisio e di Afrodite. Indipendentemente dalla sua genealogia, questo dio svolgeva un ruolo importante nella vita umana. Nella tradizione greca, Imeneo camminava alla testa di ogni corteo nuziale, e proteggeva il rito del matrimonio; gli ateniesi, in alcune feste solenni, lo invocavano con un canto di gioia: - "Imeneo, Imene! O Imene, Imeneo!" Gli si attribuiscono numerose leggende: è un giovane ateniese di straordinaria bellezza, che ha tolto ai pirati giovani donne e le ha rese ai loro genitori, a condizione che gli concedessero la mano di quella che egli gradiva, ma che, a sua volta, lo disprezzava. Secondo un'altra versione, avrebbe perso la sua voce nel corso della cerimonia nuziale di Dionisio.

COME AI VECCHI TEMPI

Era diventata vecchia Carmela, era avanti negli anni ma non aveva mai smesso di aspettare. Dalla finestra di casa guardava l'orizzonte ed il cielo, lo cercava tra le nuvole e nella sua mente lo vedeva tornare.

Era partito nel pomeriggio per tornare a casa. Tornava dall'altra come ai vecchi tempi. Casa e bottega, si fa per dire. Ora la sua vita sembrava avesse un senso. Dopo una lunga parentesi si amavano nuovamente, ma chi conduceva era lei che da sempre aveva diretto la vita di entrambi. Come tanti anni prima anche ora si faceva quello che lei voleva. Remissivo e accomodante, si lasciava andare e per il timore di sbagliare si comportava in maniera tenera e accondiscendente.

Tutte rose e viole, ovviamente ma i muscoli di cui era fortemente dotato e quella mentalità caparbia li mostrava con l'altra, con Carmela la donna che lo amava e con la quale era severo e intransigente, permettendosi di respingerla senza mezzi termini. "Non passare da me questa sera perché non ho voglia di vederti" le disse una volta con risolutezza. Carmela rimase di sasso, era tornata apposta da lontano per incontrarlo, erano d'accordo così. E allora fingendo di non avere capito andò sotto la sua casa ma lui non le aprì, non scese, non rispose al telefono. Quella sera Carmela, impotente, pianse e dalla rabbia si strappò i capelli, maledisse il giorno in cui si erano conosciuti. Si pentì di avergli dato credito, di averlo apprezzato per i modi convenevoli, per il garbo, le parole. Gli si era parato davanti come una coppa di champagne quando hai tanta sete e stai aspettando qualcosa da bere. Probabilmente anche una birra spumeggiante o un calice di vino rosso, avrebbero avuto su di lei lo stesso effetto, in quel momento. Probabilmente, ma le perline frizzanti in quel liquido biondo, erano come l'ambrosia di cui si cibavano le dee nel paradiso pagano e che dopo averla assunta, ricevevano forza e vigore nel corpo e nello spirito svolgendo poi quelle arti sottili e di finezza che le faceva divine nell'Olimpo di Giove. Si era sentita subito bene immaginando che quella persona l'avrebbe potuta portare lontano in un mondo magico dentro una vita di certezze. Sembrava che il destino le fosse venuto incontro. Invece era stato ingannevole, spietato, freddo come le parole con cui un giorno lui le disse di non poterle offrire l'esclusiva perché la sua vita era costellata da altre persone e cose.

Era poco più di un figlio di puttana ma lei non ci voleva credere. Volle misurarsi con la sua forza d'animo, con la tenacia, la costanza e la ferrea volontà del suo carattere. Erano diversi anni che combatteva una battaglia persa eppure non trovava il coraggio di arrendersi, viveva accampata fuori dal suo cuore, come fuori le mura di una citta posta sotto assedio, aspettando la resa. All'interno di quelle mura c'era una città che viveva, pulsava, incurante di quel che avveniva al di fuori. Per espugnarla ci sarebbe voluto uno stratagemma, un altro cavallo di troia non avrebbe sortito l'effetto desiderato. E' possibile vincere una città ma non un cuore ancorato. Carmela era tenace, aveva deciso di attendere. "Primo o poi si stancherà – diceva tra sé- e vorrà recuperare quella libertà negata, la felicità vera, la gioia che può offrire solo chi sa amare senza pretese".

Era diventata vecchia Carmela, era avanti negli anni ma non aveva mai smesso di aspettare. Della vita non aveva capito niente.

L'amore quello vero non esiste è solo nelle favole, nei romanzi amplificato dalla verve o dallo stato d'animo degli autori o dalle loro esperienze. L'amore, quello tenero è solo materno e filiale, per il resto sono tutte balle. A volte lo si confonde con l'attrazione fisica e con le pulsioni generate dalle tempeste ormonali.

Per il resto è platonico, univoco, sublimato da chi ama, bistrattato da chi viene amato. A volte esiste e resiste perché osteggiato ma quello non è amore vero, è sfida, è dispetto, caparbietà delle persone offese per le scelte non condivise. Quell'amore è egoismo.

L'amore di Carmela resisteva perché non era corrisposto e si alimentava con l'attesa? Probabilmente.

Dalla finestra di casa si affacciava ogni volta per guardare l'orizzonte ed il cielo. Lo cercava tra le nuvole e nella sua mente lo vedeva tornare. Si capiva dagli occhi spenti che all'improvviso cominciavano a brillare. Un giorno, inaspettatamente lo vide arrivare, non le sembrava possibile, era troppo bello. Gli andò incontro senza contenere la gioia e salendo sulle punte dei piedi allungò le braccia per saltagli sul collo, come ai vecchi tempi. Abbracciò l'aria, la tastò. Era leggera, piacevole, portava il suo profumo.

ARRIVI E PARTENZE

Quel giorno c'era chi partiva e chi arrivava, si sentiva confusa, da una parte le dispiaceva molto per quella partenza, dall'altra si sentiva esplodere il cuore di gioia per quell'arrivo.

Mancavano poche ore alla partenza. Non era sicura invece dell'arrivo perché capitava sempre un problema all'ultimo minuto che sconvolgeva nel senso che cambiava i programmi. Quegli arrivi poi erano un po' fittizi, illusori, chi arrivava non arrivava per lei. Ciononostante, ogni arrivo era sempre preceduto da un'attesa gioiosa. Come quando arrivava sua figlia, non stava nella pelle e si recava a prenderla con tanto anticipo. Le partenze, sempre molto frequenti, le avrebbe volute cancellare. Rimaneva sola per giorni, settimane intere, da sola ad aspettare un nuovo arrivo.

Una volta erano andati a prendere sua figlia all'aeroporto. Era stato molto bello, era di sera e lei era quasi scesa dall'aereo in volo, nel senso che era stata la prima a scendere subito dopo l'atterraggio, come se fosse stata l'unica passeggera. Si abbracciarono teneramente ed anche la persona che era con loro fu felice di quel ritorno.

Ora aveva deciso di ripartire, glielo aveva detto da poco per non farla soffrire. Quanto le mancava, lei non riusciva nemmeno a immaginarlo. Non era la solitudine il solo motivo che rendeva doloroso il distacco quanto la preoccupazione per quella vita dal domani incerto. Oramai i giovani andavano tutti via all'estero. Altro che fuga dei cervelli, fuggivano con tutto il loro bagaglio culturale, lasciandosi alle spalle tutto il vissuto. Ognuno partiva o arrivava per lavoro, per costruirsi una casa, mantenere o creare una famiglia.

Quanti sacrifici, come ai tempi andati solo che allora quando si partiva si andava per sempre. Oggi la società era mutata, la tecnologia avanzata, il progresso aveva dato vita a nuova civiltà. Ciò nonostante si partiva ancora. La crisi economica incombeva sui destini delle persone.

Prima i padri, poi i figli avevano dovuto prepararsi una valigia per andare. Anche la persona che frequentava era un viaggiatore, era partito da ragazzo per andare a lavorare e poi era tornato e ripartito e ancora lontano dalla sua famiglia. Se c'era un accessorio che non aveva mai subìto la crisi, quello era proprio la valigia, anzi si era perfezionata e resa più funzionale, adeguandosi ai moderni mezzi di trasporto. Se c'era un rumore che non la disturbava, quello era il rumore delle rotelle di cui erano dotate le valige. Era un rumore o piacevole perché ovattato e poi era bello camminare portandosi dietro la valigia senza affaticarsi, anche se non sempre andava bene.

Una volta, durante un viaggio le si ruppe il meccanismo del manico. In un primo momento camminò accollandosi il peso poi ebbe un lampo di genio e agganciò al pezzo il foulard che aveva al collo. Ma questa era una divagazione, le serviva per distrarsi e pensare alle partenze per i viaggi delle vacanze come quando andavano all'estero o altrove per diletto o per il piacere di visitare una città, un luogo, insomma per quei viaggi turistici sempre molto interessanti.

L'ultimo viaggio bello, indimenticabile, lo avevano fatto in Portogallo insieme a suo marito e a una simpatica comitiva di amici. Erano stati veramente bene e guarda caso, avevano visitato anche un luogo che poi nel tempo avrebbe odiato, una regione che le aveva rubato ciò che ora era rimasto. La vita è sempre strana e quando meno te lo aspetti ti riserva tante sorprese, alcune piacevoli, altre, meglio non parlarne, si finisce per soccombere al dolore di delusioni cocenti.

Sì, le delusioni bruciano, e inaridiscono l'anima. Lei sentiva che da queste ultime delusioni non si sarebbe ripresa tanto facilmente.

AD UNA AMICA

CON LEI NEL PORTICCIOLO PICCOLO

Mentre erano intente ad aprire ciascuna il proprio odoroso involucro, si accorsero di un passante che veniva giù dal viale con passo spedito.

Avevano riso tantissimo ed ogni volta che passavano da quelle parti si guardavano e senza dirsi nulla scoppiavano a ridere, apparentemente senza una ragione. Un giorno come tante altre volte, decisero di trascorrere insieme la pausa del pranzo consumando un panino e un caffè al loro solito posto, il porticciolo piccolo della Marina di San Pietro a Termoli.

Era comodo e riservato oltre che bello. Una delle due lo conosceva bene quel luogo, glielo aveva fatto visitare suo figlio qualche anno prima, appena inaugurato e lei ogni tanto tornava per passeggiare lungo la strada che costeggiava i pontili, guardare le barche ormeggiate, immaginare di chi fossero, sognare di possederne una qualsiasi però con la vela.

Quel giorno, invece di sedersi al tavolino del bar, pensarono di fermarsi sulla strada parallela. Parcheggiata l'auto in un piazzaletto antistante, percorsero a piedi un tratto e poi, sedendosi sul muretto alla vista del mare e del porto, decisero di mangiare il panino confeziona-to dalla vigorosa e simpatica salumaia nella bottega vicino alla loro scuola. Mentre erano intente ad aprire ciascuna il proprio odoroso involucro, si accorsero di un passante che veniva giù dal viale con pas-so spedito. Lo guardarono per qualche secondo e presero a mangiare. Il tizio era un bell'uomo, capelli brizzolati, fisico asciutto, passo si-curo, portamento elegante, viso abbronzato. Passò veloce davanti a loro pronunciando un tranquillo "buongiorno", così come si confà alle persone educate. Ma ad un certo punto, videro che rallentava il passo e capirono subito che poteva tornare indietro.

Ebbero la stessa sensazione e istintivamente poggiarono il panino e si passarono le mani tra i capelli con l'intento di darsi un' aggiustatina, immaginando di dover conversare con quell'uomo che visto bene, sembrava una persona molto distinta.

Di fatto il tizio tornò indietro con passo accorto , in cuor loro pensa-rono : "diamine, abbiamo fatto colpo". "Buon appetito", disse, sfode-rando un buon accento romagnolo. "E' fatta - pensò l'amica - ma che bell'uomo ed è pure romagnolo!". Tante osservazioni in pochi secon-di. "Quanto è profumato il panino che state consumando - continuò - deve essere così fresco e fragrante che il profumo segue la scia dello spazio che sto attraversando" . "Si effettivamente, è ottimo - risposero alternandosi nel dire - lo abbiamo comprato sotto i portici, in centro, c'è la scamorza affumicata e la mortadella coi pistacchi". "Ecco perché - aggiunse il tipo - il profumo della mortadella è veramente invitante, buon appetito" - concluse e puntato lo sguardo ai piedi riprese il suo percorso. Lo videro andare ammutolite, poi si guardarono negli occhi mentre una fragorosa risata le stava facendo piegare in due.

PORTAMI CON TE

Mi hai detto: "Portami via, altrove, dove vuoi - con un filo di voce- portami con te". Io poi sono venuta a prenderti ma non ho fatto in tempo, tu eri già andata. Si, te ne sei andata con quello stormo di uccelli migratori che in quel momento preciso, sorvolavano il cielo sopra la tua casa. Sei andata così, poco prima di mezzogiorno, sei volata in un mattino di sole, nel giorno della festa di San Valentino.

Ora siamo rimasti noi, sempre più soli, sconcertati, affranti.

Ci hai lasciati increduli, nessuno avrebbe mai potuto immaginare che dopo aver resistito per anni, potessi crollare.

Tu, donna, colonna portante, tu che non ti sei mai fatta prendere dallo sconforto, che non hai mai ceduto le armi. In cuor sapevo che prima o poi sarebbe accaduto. Era già successo, qualcuno prima di te, forte come te e più di te, ha percorso il tuo stesso cammino salendo sino all'apice di quel sentiero panoramico molto bello ma difficile.

Non se dire difficile quanto bello o bello quanto difficile. Forse è la stessa cosa, però si cercano sempre le parole giuste per dire il non definibile.

90

La vita è un sentiero non definibile. Non ha inizio né fine perché è un circuito continuo, è come il tempo, interminabile, come lo spazio infinito, come la natura che si genera e si rigenera. Ognuno di noi è rigenerazione, come le stagioni.

Se dovessi rappresentarti come una stagione ti dipingerei con i colori dell'estate, senza ombra di dubbio. Tu sei l'estate e basta. Così come un'altra persona a me molto cara e che tu sai, la rappresenterei con i colori dell'inverno.

Si negli ultimi anni la mia vita ha avuto due stagioni, l'estate e l'inverno, ma non un estate qualunque, né un inverno qualunque. No, no, l'estate di un giorno caldo con il cielo azzurro, terso, luminoso e il sole a mezzogiorno. Così anche l'inverno di un giorno freddo ma luminoso, con la neve per terra e con le corolle delle giunchiglie appena spuntate per dire che lì sotto quel manto c'è la natura che freme. Il mio inverno sa di focolare, di tepore, di mani calde, di luci intermittenti, di miele, di croccante. Queste due stagioni mescolate insieme sono state, a seconda che prevalesse l'una o l'altra, la primavera e l'autunno della mia vita di ieri, quella vita trascorsa, costruita giorno dopo giorno, pietra su pietra. Esse erano la sintesi della felicità.

Ti ho conosciuta quando ero felice, ricordo ogni momento di quel momento. Ho scorto il tuo viso luminoso dietro una quinta e ne ho catturato la luce. Suggerivi, truccavi, preparavi, incoraggiavi gli attori prima di ogni scena. Il loro debutto era molto importante, era prova, riscatto. Il palcoscenico, speciale, era spazio aperto in un luogo chiuso. Quel teatro sembrava una contraddizione, la finzione scenica era di fatto una realtà, quegli attori, pur nella parte che era stata a ciascuno assegnata, recitavano sé stessi, tiravano fuori quel lembo di personali-

91

tà pulita, bella, non contaminata dall'onta del reato commesso.

Si, ti ho conosciuta sugli spalti di un teatro dove gli attori erano dei detenuti. Che dire? Mi hai colpita con il tuo sorriso, la cordialità, i tuoi modi di fare. Mi hai fatto innamorare di un luogo temuto.

EPILOGO

TAMMA TUMMA

Guardandolo e ripensando all'espressione furba, le veniva da ridere.
Il suo nipotino era un portento. Il carattere deciso già si manifestava nella
profondità di quegli occhi bruni, nei lineamenti, nelle guance paffute e
nelle labbra carnose come quelle del nonno paterno.

Si era allungata sul divano per riposare. Il pomeriggio era freddo, il
vento e le nuvole bianche sullo sfondo celestino del cielo le facevano
compagnia. Dalla grande vetrata vedeva anche le onde di quel mare
grigio verde in burrasca, che si infrangevano fragorose.
Era un pomeriggio d'autunno e la malinconia, fedele compagna di
viaggio in quel percorso di vita difficile, si stemperava con l' immagine
bellissima del volto imbronciato di un bimbo, appesa alla parete.
Era un poster con la foto di " Tamma Tumma" quando aveva un anno.
Guardandolo e ripensando all'espressione furba, le veniva da ridere.
Il suo nipotino era un portento. Il carattere deciso già si manifestava

nella profondità di quegli occhi bruni, nei lineamenti, nelle guance paffute e nelle labbra carnose come quelle del nonno paterno.

Non osava immaginare quanto sarebbe stato felice il nonno se avesse potuto godere delle vaghezze di un bambino risoluto, scanzonato, deciso, simpatico, assolutamente speciale.

"Tamma tumma" era stato un primo dire di parole composte, lo aveva prima inventato inconsapevolmente e poi adottato. Lo ripeteva per manifestare la gioia ma a volte anche per esternare i suoi stati d'animo negativi, quando per un nonnulla diventava aggressivo o scoppiava a piangere. Aveva appena due anni e mezzo, possedeva già le basi di un repertorio linguistico che gli consentiva di parlare bene e pur potendo usare altre espressioni, ricorreva al "tamma tumma" che era diventato il simbolo della sua mente fantasiosa.

Non immaginava di avere creato un neologismo, una parola nuova speciale adottata anche dai nonni come parola chiave. Era una piacevolezza. Con la sua passione per le moto di ogni genere, di ogni tipo, soprattutto quelle da cross (*Cooss*) diceva saltando la r.

Renzo, era questo il suo vero nome, aveva contagiato tutti, genitori, parenti, amici. Il nonno materno, "nonno mio, mio nonno", come lo chiamava con risolutezza, lo accompagnava nei percorsi virtuali facendosi compagno di viaggi immaginari in sentieri battuti ed impervi. Dalle moto ai treni e agli aerei il passaggio era stato breve e ovviamente normale. Essere bambino oggi in una società tecnologica, comportava che anche i componenti della famiglia vi si adeguassero. Non si poteva fare a meno. Da qualche settimana, dopo la nascita del fratellino Dario, "Tamma Tumma" faceva volare i suoi aerei sulla culla, che all'occorrenza si trasformava nella lunga galleria attraversata dai binari di una linea ferroviaria costruita con i pezzi della pista che gli aveva regalato Maria, l'amica dei suoi nonni.

E quel pomeriggio, pensando a quel nipotino delizioso e di carattere, le era venuta un'idea che nella realtà è impossibile. Sovrapporre il tempo, il presente con il passato e viceversa, fermarlo, come fanno i bambini e avere li davanti nella stanza, accanto a sé, le persone care che con la forza del loro amore avevano reso possibile "Tamma Tumma", una nuova vita in un batuffolo di tenerezza. La rigenerazione.

TERMON Termen, THERMOLE Termoli

..inevitabile destinazione e punto di incontro, incrocio geografico, misura del tempo, mezzogiorno dell'Europa centrale...

"Termen erdha të rija ka ca pak mot. A Termoli sono venuta a vivere da poco tempo".

Sento i treni che sfrecciano sulla linea ferroviaria proprio dietro l'abitazione, respiro il profumo del mare, dormo col sottofondo delle onde che si alternano, ora placide, ora mosse, molto spesso alte e burrascose, sotto l'egida dei venti che spirano con eccessiva frequenza.

Sembra una contraddizione ma a me piace il mare d'inverno e in questa città ho trovato tutti i presupposti per trascorrere la stagione fredda. Certo mi manca il paese, la collina, le case, la mia casa sulla piazza principale piena di ricordi indelebili. Mi manca la neve anche se la natura nel suo miracolare, è riuscita diverse volte a sorprendermi con lo spettacolo suggestivo delle creste spumeggianti e della spiaggia

96

coperta da un manto di candidi fiocchi.

Termoli, con il suo etimo incerto, sostenuto nella forma " Termen" derivante da "Termon"(1) dai parlanti la lingua arbëresh, albanese arcaico, nella variante greco-tosca dei nostri paesi albanofoni che così l'appellano, è inizio e fine di terre, posto di arrivi e di partenze, snodo di sentimenti, porto di emozioni.

Da qui andava e tornava mio padre dai suoi viaggi di emigrazione, qui mi incontravo con le amiche e con loro trascorrevo le interminabili mattinate, una volta anche tra i viali del cimitero, per non farci vedere, quando marinavamo la scuola. A tal proposito, ogni volta che ci penso mi pongo, inutilmente, la stessa domanda: "che senso aveva non entrare in classe e trascorrere il tempo col fiato in gola nel camposanto"? Le bravate dell'adolescenza sono così e non c'è risposta, sono e basta. Per continuare, nelle scuole di Termoli avrei esercitato il ruolo di docente e la loro professione le mie persone care.

Termoli, rifugio e crocevia, da qui ancora si va, si torna , si arriva, si parte e riparte. Rivedo il deposito dei bagagli con gli scaffali straripanti di valige, colli, imballi e involucri di ogni genere, contraddistinti da un cartellino penzolante. Non lo so se c' è ancora, non ho mai pensato di guardare, forse per non ricordare la volta che sono partita lasciandovi le mie cose o quando per errore mi sono portata dietro una valigia che non era la mia, creando un disagio notevole a me e alla mia vittima. Una cosa è certa, in stazione non ci sono più le sale di aspetto che c'erano una volta. La tipologia la si distingueva dall'arredo e riguardava essenzialmente la comodità nello stare seduti. Poltroncine per la prima, panche di legno per la seconda e la terza classe. Si la terza classe quella con le carrozze strapiene, imbrattate di scritte e l'odore dei mandarini e delle arance sbucciate.

A Termoli ci venivo da bambina, mi trasferivo d'estate con mia madre per andare al mare. Veramente trascorrevamo quasi due mesi alternando i soggiorni tra la casa degli zii e Campomarino dove erano in corso i lavori di costruzione di una villetta dove per una serie di eventi sopraggiunti, non abbiamo mai abitato. A causa degli impegni dei grandi, al mare non si andava tutti i giorni, in compenso, si giocava all'aperto con gli altri bambini del quartiere. I miei zii si erano trasferiti dal paese per motivi di lavoro e tanti altri compaesani avevano fatto lo stesso, trovando in questo nuovo luogo, migliori occasioni per le loro attività e i commerci. Questi spostamenti e per gli stessi motivi risalivano ai tempi antichi, né da testimonianza il vescovo Tommaso Giannelli che nelle sue memorie su Termoli, aveva elogiato l'iniziativa e lo status.

La casa dei miei familiari era in una zona strategica, dal cortile sul retro potevamo sentire il passaggio dei treni, ascoltare il rumore dei freni sulle rotaie, il fischio del capotreno e l'eco degli altoparlanti che annunciavano gli arrivi, le partenze, i ritardi e il caratteristico stridio delle locomotive allo scambio dei binari. La stazione ferroviaria era infatti a due passi. Qualche volta ci andavo con mio cugino e raccoglievamo gli stecchi dei gelati che la gente buttava per terra, li utilizzavamo al posto dei bastoncini Lego, per dare forma alla nostra fantasia.

Correvamo sul marciapiede del primo binario e ci incontravamo con altri bambini che facevano la stessa cosa. La stazione era sempre molto affollata, c'era chi partiva, chi aspettava, chi andava semplicemente a passeggio. C'erano poi alcuni che camminavano con gli occhi a terra alla ricerca dei mozziconi di sigaretta che riponevano dentro le tasche sgualcite dei pantaloni. Quando eravamo in stazione, mi piaceva molto fermarmi vicino alla vaschetta dei pesciolini rossi e al fontanino posto lì davanti; con la scusa di bere, premevo il pollice sul getto dell'acqua e giocavo con gli spruzzi bagnandomi completamente. La stazione e ancor più la piazza prospiciente aveva per me un fascino particolare. Era bella, spaziosa ed elegante con le sue palme poste al centro, alte e folte. Conservo ancora la fotografia dei miei genitori immortalati sotto la palma, nel giorno del loro viaggio di nozze. Mia madre, giovanissima, bella, elegante, moderna con il suo abito di seta nero plissettato e la borsetta a tracolla in tinta.

Aveva vent'anni. Anche mio padre, nella sua età più matura, era affascinante, aveva i baffetti scuri, le labbra sottili e gli occhi vivaci. Per andare da casa alla stazione si attraversava lo slargo dietro l'albergo Corona. Lì c'erano sempre i panni stesi, il tovagliato e le lenzuola candide dell'hotel. Spesso, passando, facevamo gli slalom sotto le lenzuola e lasciavamo cadere le pertiche a forcina che sostenevano le corde, poi scappavamo per il timore che l'addetta al bucato ci sorprendesse. Davanti alla stazione sostava con il suo frigo artigianale montato su una bicicletta a tre ruote, Vittorio Corelli. Nel cassone c'era lo spazio per il ghiaccio e i sacchetti di sale posti attorno ai contenitori di metallo. " Piangete, bambini – diceva- così le mamme vi comprano il gelato". Veramente lo diceva in dialetto, il caratteristico dialetto termolese la cui pronuncia adagiata sulle consonanti, mi piace associare al passo flemmatico e al rumore degli zoccoli di legno, calzati d'estate dai pescatori.

Vittorio, ho appreso da un trafiletto della cronaca di un giornale locale, è morto nel 2010 a novantuno anni. Ha fatto il gelataio per una vita. La stazione conserva il fascino in tutti i tempi. Ora ci torno con il mio nipotino, buon sangue non mente, anche lui come sua nonna ma anche come spesso i bambini, è attratto dai treni, dai binari, dai vagoni, dallo stridio dei freni sulle rotaie, dalla paletta del capostazione, dal macchinista, dalla potenza delle locomotrici, dall'andirivieni dei passeggeri. Certo la stazione non è più come un tempo, è vero ci sono più binari, più treni che l'attraversano ma non è più un ritrovo, un posto dove andare e immaginare fantastiche destinazioni.

"Kur isha a vogla, vejëm Termen ma trainin- quando ero piccola andavamo a Termoli col traino", raccontava mia nonna fiera di quel ricordo, affascinandomi con il suo dire. Mi parlava dei suoi parenti termolesi, zio Pasqualuccio e zia Felicetta. Dopo anni seppi che non erano parenti nel vero senso del termine ma avevano acquisito tale connotazione per la cordialità, la frequentazione, l'intensità della amicizia e dei rapporti intercorsi. Avevano un'abitazione nella zona nuova, dentro un grande caseggiato nel sito dove poi sorse l'hotel Giardino e attualmente un palazzo moderno. Era una casa grande e d'estate zia Felicetta metteva a disposizione alcune stanze per i bagnanti. Una volta mi portò mia madre, io ero piccolissima però ricordo come fosse ora il patio di quel palazzo e la zia sorridente, affacciata alla ringhiera del pianerottolo. Zio Pasqualuccio e zia Felicetta, erano stati una coppia felice poi, all'improvviso, ebbero un dispiacere molto delicato per la mentalità dei tempi. Ne registrai il motivo dai discorsi dei grandi e capii che doveva essere successa una cosa molto grave: " peggio di un lutto"- bisbigliavano. La loro unica figlia, bella come sua madre e bruna come il padre, era andata via di casa senza lasciare tracce, forse non era vero ma si diceva che era fuggita con un uomo sposato e per questo la famiglia, oltre al dispiacere, dovette subire l'onta del disonore. Termoli era un piccolo paese di contadini e pescatori, ancora lontana l'idea e l'immagine dall'espansione dei decenni successivi, gli abitanti si conoscevano quasi tutti tra loro e le notizie circolavano più veloci della luce, di bocca in bocca alimentando pettegolezzi e dicerie.

Certo ora la città è diversa, è moderna e dal volto industriale, evoluta nella mentalità, è luogo dove convivono persone di paesi, di razze, lingue e religioni diverse, ciò nonostante conserva il fascino antico del borgo medievale con le viuzze strette, i selciati, le case di pietra, le scalinate, gli archi e le mura che lo cingono in un solido abbraccio.

Termoli è i suoi venti e le folate, è profumo di alghe, sapore di salmastro, rintocco di campane, albe di sole, tramonti di colore, è il porto, la marina, i trabucchi, il castello, la torre, la cattedrale, il corso. Termoli è il suo orizzonte: le isole Tremiti con l'acqua cristallina e i fondali pescosi, il promontorio del Gargano, il Golfo di Vasto e il faro di Punta Penna. Termoli è i suoi Santi contesi, Timoteo e Basso patrono dei pescatori; i suoi poeti di ieri e di oggi: Giuseppe Perrotta, Raffaello D'Andrea, Carlo Cappella, Nicolino Cannarsa, Antonio Smargiassi, Giovanni De Fanis, Antonio D'Ambrosio, quest'ultimo termolese aggiunto, solo per citarne alcuni. Di Jacovitti che dire? Ecco "Termen", inevitabile destinazione e punto di incontro, incrocio geografico, misura del tempo, mezzogiorno dell'Europa centrale. Dal balcone privilegiato del mio alloggio assisto al passaggio del tempo, allo spettacolo delle albe, al sole che nasce, ogni giorno diverso e sullo scenario, tra cielo e mare, si staglia il promontorio con le luci fioche della notte che va.

Sugli spalti, alla mia vista, ecco il profilo del castello, la cupola della cattedrale, il faro ingabbiato e i suoi lampi bianchi. Oltre lo sguardo, la tribuna nello specchio d'acqua, l'orlo delle imbarcazioni, il dondolio e la vita nel porto.

(1)
TERMON II Mons. Tommaso Giannelli Vescovo di Termoli dal 1753 al 1768, avanza un'opinione che afferma di desumere da antiche memorie di cui si ignora l'origine e scrive: "Si narra che Diomede, re di Eolia, dopo Achille e Aiace il più valoroso fra li greci eroi, che furono all'assedio di Troia, seguita di quella città la fatale rovina, non volle ritornare alle patrie contrade, ma verso l'Italia dirizzò il cammino. Si fermò nelle Isole alle quali diede il suo nome e di Tremiti oggi son dette. Di li passò al Gargano monte che egli riuscì di conquistare e poi, per ristorarsi sulle passate sciagure, fondò colla sua gente città che oggi a piena bocca per pregio di antichità il vantano Fondatore. Se le città più lontane, come Benevento, si lusingano di origine gloriosa cotanto antica, perché lo stesso di questa a quel monte più vicina e nella rada dello stesso Adriatico mare non é lecito asserire?". Servio che scrisse aver Diomede fondate alcune città non esclude la fondazione delle altre, mentre dice che "Diomedes...edomita omni montis Gargani moltitudine, in eodem tractu civitates multas condidit". E se non esclude la fondazione delle altre città, anzi asserisce che nella regione del monte suddetto ne edificò molte, è molto verosimile aver fondato questa che si chiama Termon in greco, poi Termoli nell'italiana lingua, quale termine delle città... marittime, essendo le altre nell'interno". L'opinione del venerato Mons. Giannelli, benché da lui definita "congettura" ha dei fondamenti storici. Vi sono, infatti, solide tradizioni che fanno derivare diverse città del litorale adriatico come città fondate da colonie elleniche. (Primonumero.it)

FINE DELLA STORIA
LA BRIGANTESSA DI MONTECILFONE

Ad un tratto le poggiò la mano rude sul petto, voleva rassicurarla e fermare quel battito impazzito.

Si era consegnata ai doganieri per far perdere loro le tracce della banda, gli aveva dato informazioni false per non farli ritrovare.
A lei Fulvio era debitore per sempre. Tomasina, brigantessa dei misteri, era lì seduta sul pagliericcio di quella cella buia.
Le sue braccia sottili e le mani affusolate erano incrociate sul grembo.
Il volto stanco e rassegnato era solcato da sottilissime rughe dovute non tanto al passare del tempo quanto al repentino dimagrimento.
La poltiglia somministrata dai carcerieri era disgustosa e puzzolente.
I suoi occhi tenebrosi, le ciglia scure e le sopracciglia folte, le conferivano l'aspetto di una donna bruna con la tempra del terreno dissodato nel tardo autunno. Aveva un vizio, sempre al cospetto di qualcuno, si portava la mano tra i capelli per riavviarli e tirarli dietro sulla nuca.
Al rumore delle chiavi che si infilavano nella serratura della cella, non

si scompose. Alzò invece lo sguardo che divenne aperto e luminoso alla vista di Fulvio. Due lacrime di gioia come gocce di rugiada conferirono luce ai suoi occhi che trapassavano il buio.

Fulvio l'abbracciò teneramente, in un modo insolito per un uomo forte, un bandito dalla tempra dura. La strinse a sé, pensando di non potersi distaccare mai. Il cuore della donna batteva fortissimo e quel suono che per natura è impercettibile, diventava all'improvviso forte e distinto. Ad un tratto le poggiò la mano rude sul petto, voleva rassicurarla e fermare quel battito impazzito.

"Come stai Tomasina - le disse con tenerezza - ricordi i tuoi lievi passi di danza? Per noi briganti rappresentavi la vita. Tu, donna perbene, figlia di famiglia, incanto di gioventù spezzata, alle gioie del mondo hai scelto noi, briganti alla macchia!

Nei boschi di Montecilfone, nell'antro della grotta chiamata *shpea* che si infiltra nelle voragini fino al letto del fiume Biferno, ancora si ascolta l'eco della tua voce. Alle Spartille, i gendarmi vanno ancora alla ricerca di te, pur sapendo che sei stata catturata. Tuo padre - dicono - che dopo averti scacciata e disconosciuta come figlia, non si dà pace. Ma dimmi, fanciulla adorata, perché ti sei presa la briga di unirti a noi? Te l'ho domandato, invano, diverse volte. Giammai ti degnasti di rispondere e dire quella verità che ti attanaglia".

"Finché avrò vita ti sarò sempre e per sempre grata - rispose con un filo di voce rotta dall'emozione - perché tu, Fulvio mi hai accolta ed amata di un amore profondo di padre e di persona dal cuore grande. Orfana di affetti e provata da una vita di stenti, ho dato il cuor mio ad una causa umana. Sempre ho saputo di te, brigante buono.

Adolfo, il mio amore perduto un giorno mi ha detto: "non temere quantunque tu dovessi rimaner sola, un angiol custode troverai accanto. Egli è Fulvio il re della Campagna. *Costanza e lealtà* disse essere il tuo motto, dai tuoi compagni ripetuto all'inverso.

"Non par vero, donna Tomasina - rispose Fulvio - che ti abbia detto bene di me, io son uomo meschino di vizio e crapula".

Ciò detto, Fulvio fece due passi indietro e volgendo lo sguardo verso il corridoio fetido del carcere, fece un cenno con la mano come a richiamare qualcuno. "Vieni - disse - vieni, entra non temere qui c'è qualcuno che ti vuole vedere!"

Adolfo si fece avanti impaurito e pervaso da una strana forma di presentimento. Fulvio volse la lanterna presa al custode verso di lui, poi con la luce fioca illuminò il volto della donna. Miracolo di Dio, era lei, Marietta. Rimasero di sasso, tastando con le mani il buio.

Ora il sordo rumore dei cuori divenne forte e prese a battere all'unisono. Sotto il falso nome di Marietta, si celava lei, donna Tomasina che si consegnò ai briganti di Montecilfone, per cercare Fulvio. Così come le aveva raccomandato Adolfo, suo sposo, prima di sparire.

Si diceva che era stato fatto prigioniero e poi impiccato, insieme a tutti gli altri. E allora lei aveva obbedito alle ultime parole dette e aveva cercato Fulvio che l'avrebbe protetta e che, un giorno o l'altro, le avrebbe fatto ritrovare il suo amore perduto. Il suo desiderio si era avverato.

"Solo chi ama senza speranze, conosce l'amore", ribadì Sinibaldo raccontando la storia antica di Adolfo e Marietta.

Già l'amore, Marietta. Io, Adolfo, nei primi giorni di maggio del 1853. Tu, Francesco, capogruppo di una comitiva di pellegrini diretti a San Michele Arcangelo, protettore del vostro paese, Acquaviva Collecroce, paese schiavone, fra Trigno e Biferno. Fulvio Quici, professione brigante. Zonja Tomasina, brigantessa di Montecilfone.

Nota
Fine della Storia (ultimo capitolo) per il romanzo d'Amore "ADOLFO e MA-RIETTA" di Francesco Vetta, Napoli 1861.
Racconto breve scritto per il concorso promosso da questa stessa Casa Editrice, Mnamon di Milano per completare un romanzo d'amore dell'Ottocento, "Adolfo e Marietta" di Francesco Vetta, Napoli 1861 ripubblicato in formato e-book con prefazione della sottoscritta.
Il Racconto prende spunto da un canto popolare arberësh di Montecilfone, canta-to da Silvana Licursi nell'album Lontano dalla Terra delle Aquile e da note di storia sul brigantaggio
La storia è ambientata a nel periodo post unitario, quando numerose erano le ban-de filoborboniche, che non accettando le nuove regole imposte dal neonato Regno d'Italia, sfuggivano alla repressione imposta dai " Piemontesi", rifugiandosi nei luo-ghi più inaccessibili.
Tale doveva essere all'epoca il bosco di Corundoli, dove tante volte avevano trovato rifugio i briganti della zona.
In un'altra variante dello stesso canto, il bosco viene definito come " nje bosk i zeze, un bosco nero", per rappresentare evidentemente, una boscaglia tanto fitta da non permettere il passaggio dei raggi del sole.
Nel canto viene altresì nominata la shpea di Korundoli, intendo per SHPEA, un antro aperto con un intricato percorso interno, interrotto da una via d'uscita. La tradizione orale di Montecilfone immagina la fine di questo percorso in una non meglio identificata località nella piana del fiume Biferno.
Shpea in arberësh significa appunto questo e si distingue dalla Gruta, letteralmente "grotta",

Zonja Tomasine,/ ishi a pegata/ kishi shat belice/ e shat pullase/ e kurr aruren bregan-det/ tha: mirmni mua, mirmni mua!/
E shkovi moti/ shkovi moti shum/ e mosnjarì neng dijti gjè./ Pas nje dite, ka shpea kurunus, / dy bure ta hors/ pan nje trim/ ma syt te zeze/ e dhembtet te bardhe / si ujk : "ç'e ben, ç'e ben zonja i than / ò'e ben zonja Tomasine?/"
"Zonja kezen, keze, / e nde shihiet ju, sa Kezen mire!..."

Donna Tomasina era ricca, aveva sette bellezze e sette palazzi. Quando arrivarono i briganti disse: " Prendete me!, Me sola!". Passò del tempo, molto tempo, non se ne seppe più nulla. Poi, un giorno, nei pressi della GROTTA di CORUNDOLI, due uomini del paese videro uscire un giovane con gli occhi neri e i denti bianchi come un lupo.
"Che fa la signora, che fa donna Tomasina?" , domandarono. " La signora balla, balla, e se voi poteste vedere come bene balla!".

Da : KAMASTRA, rivista Arbershe a cura di Fernanda Pugliese

INDICE

"...raccontò della bugia con il cuore in gola ma lei subito la tranquillizzò.
"Ripeti con me", le disse sorridendo, come sua nonna, come tutte le persone che
le avevano voluto bene, allora come ora..."

www.ingramcontent.com/pod-product-compliance
Lightning Source LLC
Chambersburg PA
CBHW020648250626
47154CB00008B/2857